黄犬《キーン》ダイアリー

平凡社

黄犬《キーン》ダイアリー

はじめに

ドナルド・キーン
角地幸男 訳

初めて息子の誠己《せいき》に会ったのは十年前で、東京の新宿文化センターだった。私は、そこで平野啓一郎さんと対談することになっていた。時間が来るのを控え室で待っていると、ドアをノックする音がした。てっきり出番を知らせに来た係の人だと思ったが、そこに現れたのは、どう見ても係の人ではなかった。彼は和服を着ていて、優雅で洗練された物腰で私にお辞儀をした。私の書いた本が大好きで、持参した本にサインしていただければ嬉しい、と彼は言った。それから、絹の風呂敷に包まれた箱を恭しく私に差し出した。会話をかわす時間の余裕はなかったが、親切にも平野さんが私たち二人のスナップ写真を撮ってくれた。舞台での対談が終った後、彼に会うことはできなかったが、風呂敷の包みを開くと、そこには素晴らしい浮世絵が入っていた。私は見ず知らずの人からこのような贈り物をもらったことがなくて、たぶん二度と彼に会えないだろうと思うと残念な気がした。嬉しいことに数日後、彼から手紙が来て、彼の名前が「鶴澤淺造《つるさわあさぞう》」であること、そしてその経歴について幾分かを知ることができた。

かつて、人形浄瑠璃文楽座の座員として三味線を弾いていた。一座で二十五年働いた後、何か重い病気にかかって文楽の世界を去らなければならなかったが、今でも三味線は続けていた。彼が特に関心を抱いていたのは、文楽以前の演劇芸術である古浄瑠璃を復活させることだった。新潟で醸造会社を経営する兄の仕事を手伝っていたが、ときどきは上京していた。

私は手紙で次に上京する際に我が家を訪ねるように伝え、数週間後、彼は家に現れた。芸術、宗教、そして文学に関する彼の知識に触れれば触れるほど、私は彼の魅力的な気質やユーモアのセンスに感銘を受けた。

彼の訪問は頻繁となり、何度か三味線の弾き語りで浄瑠璃を語る力強い声を聴くこともできた。いつしか彼は、私にとって大事な存在となった。私はすでに八十九歳になっていたが、彼に養子になってくれないかと頼んだ。彼は承知し、この養子縁組は彼の仕事や人生にも新たな何かを加えたかもしれない。近年、彼が新聞に連載したエッセイが特に故郷の新潟で評判となった。本書の後半に収録されたこれらのエッセイを読んで、彼の天賦の才の数々を多くの読者に知っていただければ嬉しいと思う。

本書は、もともと東京新聞（中日新聞東京本社）の記者である鈴木伸幸さんの依頼から始まった。ある日、我が家を訪れた鈴木さんは、私が四十年以上にわたって住み着いている東京の一画、それもめったに人々の話題にのぼることがない北区について、新聞に連載を書かないかと勧めてくれた。北区の魅力の一端を語ることになるかもしれない彼の着想に興味を持ったが、すぐにそれが時間的に無理であることに気づいた。当時の私はすでに石川啄木の原稿の準備に取り掛かっていて、数多くの資料を読み込んだりメモを作成することに忙しく、とても日本語で別の原稿を書く余裕などなかった。しかし鈴木さんは容易に引き下がらず、ある提案をした。彼は、私が英語でも日本語でも自由に原稿を書けることを知っていた。しかし当然のことながら、母国語である英語の方が日本語より速く書けると思ったようだった。そこで彼は、私が英語で原稿を書き、それを彼が日本語に翻訳することを提案してきた（鈴木さんは、英語に堪能だった）。しかし編集長は、どうしても私に日本語で書いてほしかったようだった。私は七十年以上にわたって日本語を勉強してきたが、日本語で書くのに時間がかかることは確かだった。そして北区の町について日本語でエッセイを書くために、私が啄木の研究を断念することなどあり得ないことだった。最終的に鈴木さんが提案してきたのは、私が日本語で語るということだった。つまり私が日本語で語ったことをテープに録音し、それをあとで鈴木さんが文章にまとめるのだった。これなら、それほど堪えがたい時間の浪費にはならないと思った。私は喜んで、この企画に乗ることにした。

最初のうちは私が住んでいる隣近所で起きた出来事や、意外な生活風景が主な話題となった。この連載は、全体のタイトルが『ドナルド・キーンの東京下町日記』となっている。確かに霜降橋商店街や古河庭園のような場所について書かれた最初の方のエッセイにはふさわしいが、内容は次第にそこからはみだしていった。大きく変化したのは、私と息子がクルーズ船の「飛鳥Ⅱ」に途中から乗船するために飛行機でイスタンブールへ行った時で、飛行機には鈴木さんも同乗した。それ以来、私たちは面白いと思った場所について自由に語ることにした。

毎回の原稿は、全て同じ長さだった。面白いエッセイになると鈴木さんが提案した場所や話題から、それぞれのエッセイは始まっている。鈴木さんが提案する話題の多くについて私は賛成だったし、そこに何も問題はなかった。自分の言いたいことがきちんと書かれているかどうか、私は掲載前に鈴木さんがまとめた原稿を注意深く読んだ。鈴木さんが私の言うことを誤解していると感じたことはなかったが、ときどき、私の言葉よりも現代的な言い回しになっていると思ったことはあった。何回か書き方を変えるように頼んだのは、それが私の日本語の文章のスタイルとどこか違うと感じたからだった。表題には私の名前が入っているので、その書き方には私が責任を持たなければいけないと思った。

私は今九十四歳の老人で、私の記憶はこのエッセイで語った通りではないかもしれない。しかし年を経て顔の外見は変わったけれども私は本質的に同じ人間で、たぶん年を経るごとに少しは智恵もついたのではないかと思う。

黄犬《キーン》ダイアリー

目次

第一部

日本に暮らして

ドナルド・キーン

第二部

父と暮らして

キーン誠己

第一部

日本に暮らして

ドナルド・キーン

大阪と文楽

二〇一二年十月六日

「リーン、リーン」「コロコロ」と虫の音が響く、東京都北区の旧古河《ふるかわ》庭園。その近くの自室で静かに研究活動をしているが、どうも騒がしさが気になる。伝統芸能「文楽」をめぐる大阪市の補助金削減の問題が。橋下《はしもと》徹市長*と文楽側の話し合いで削減はなくなったが、これで問題解決とは思えない。

文楽は日本が世界に誇る文化。世界中に子ども向けの人形劇はあるが、その脚本の文学的価値はゼロ。でも、文楽は違う。脚本（浄瑠璃）の芸術性は高く、人形遣いの美しさも世界が認めている。だから、世界無形遺産なのだ。

五十九年前、私が京都大学に留学したときに、楽しみだったことの一つが、近松門左衛門の『曾根崎心中』などの文楽だった。文楽は奥が深い。何度見ても、新たな発見がある。

補助金削減騒動の一因は観客動員の低さと聞いたが、それは文化的に廃《すた》れたからだろうか……。そうではない。東京では人気がある。大阪でその面白さが、忘れられていただけなのだ。原因は教育にあると思う。

日本の教育は基本的には入試向けだ。古典といえば文法。それではつまらない。近松作品が遊郭を舞台としていることも、教材にしにくい理由だろう。でも、それが悪影響するだろうか。もし、そうなら最近のテレビドラマなんかは子どもに見せられない。

『曾根崎心中』は今にも通じる愛や嫉妬などがテーマ。それに、文楽は上方芸能。大阪が本場だ。私は、入試には、地域性が必要だと思っている。大阪と東京で同じではおかしい。大阪は東京に対抗心もあって、地元意識が強いはず。それなら、まずは文楽だろう。入試に使うといいと思う。

それだけの価値があるし、そうすれば、若い人の関心が高まり、観客も増える。大阪経済にもプラスになる。

今回の騒動を振り返って一番得をしたのは、注目を浴びた橋下さんだろう。補助金騒動で「大阪の文楽の観客数は四十パーセントも増えた」と聞いたが、それを見越して、削減を打ち出したのなら大したものだ。

でも、気になるのは、橋下さんが独断で削減を打ち出したことだ。個人の嗜好《しこう》は認めよう。でも、文楽を何度も見ずに、面白くないと決めつけたそうだが、それはどうなのだろう。橋下さんは今、一番人気の政治家と聞いている。その理由は分かる気がする。ただ、それにちょっとした危うさも感じている。

＊二〇一五年十二月、大阪市長を退任。

住めば都

二〇一二年十一月三日

半世紀以上も前の一九五三年に京都大学へ留学した。そして五五年にニューヨークのコロンビア大学で教えるようになり、夏を日本で過ごすようになった。日米で二重生活。日本の住まいは留学時代と同じ家だった。高台にある古い日本家屋で景色がよく、気に入っていた。

ところが、六〇年ごろに新幹線工事で景色が台無しになった。そこで、在京の作家や編集者との付き合いが増えていたことから、思い切って東京に出ることにした。最初は原宿のアパート。南青山の知人宅にも住んだ。いずれも悪くはなかったが、外国人が多く、魅力を感じなかった。そこで、選んだのが文京区西片《にしかた》だった。

実は、私が英訳した太宰治の「斜陽」に西片が出てくる。便利な場所で、近くには白山の花街が残り、風情もあった。コツコツとためたドルをマンション購入のために円に換えた。ニクソン・ショックの七一年。換金した直後にドルが切り下げられた。資金不足になるところだった。

だが、好事魔多し。実際に入ると、目の前が白山通りで騒々しい。近くの消防署からはサイレン。長年の貯蓄の結果がこれか、と思うと泣きたくなった。

そんなとき、友人に呼び出され、歩いたのが北区西ケ原の旧古河庭園だった。緑豊かで、とにかく静か。バラが美しく、池には白鳥。「すてきだ」と思いながら歩くと、近くに白いマンションが見えた。一目ぼれだった。「あそこに住みたい」と無邪気に思った。

友人は「キーンさんは寂しがり屋。近くに友だちはいないし、おいしい料理屋も少ない」と反対した。それでも、私は二年待って空いた部屋を買った。西片の部屋を買ってくれる人も、タイミングよく見つかった。

それから三十八年。私はここから動こうと思ったことはない。静かな環境に研究活動は進む。近くには昔なじみの商店街があり、店員が声を掛けてくる。そして、何より外国人がいない。以前は子どもたちに「外人さん」と呼ばれたりしたが、今や私も日本人だ。

謙遜してか「日本の何がいいのか」と聞く日本人がいる。どうして、そんなことを聞くのか。東京そして日本は人も街も素晴らしく、私には世界のどこよりも住みやすい。しかも毎日が刺激的だ。

西片の部屋を買っていなければ、ドル切り下げで資金問題を抱えたはず。その部屋を買ってくれる人と偶然、知り合わなかったら買い替えもスムーズではなかっただろう。不思議な縁を感じる。

古い日本が好きな私には、安永年間の石碑も残る街並みもいい。私が住んでから変わったのは、マムシを扱う漢方薬店がなくなったこと。そして、以前は自室から旧古河庭園の池が見えたが、その周囲の木が伸びて見えなくなってしまったことぐらい。マムシの店はどうでもいいが、池の木は夜にこっそり切ってやろうか——ときどき考えている。

富士山に導かれて

二〇一三年一月一日

初夢といえば「一富士二鷹《たか》三茄子《なすび》」。日本人が愛する富士山を、私が初めて見たのは終戦直後の一九四五年十二月だった。横須賀から東京湾を横切り、木更津に向かう上陸用舟艇からだった。木更津で大型船に乗り換え、ホノルルに向かうことになっていた。

夜明け前で暗く寒い中、エンジン音が響く。私は旅立ちの感傷に浸っていた。すると舟尾の地平線に雪をかぶった富士山が突然、浮かび上がった。緩やかな稜線《りょうせん》が朝日に照らされ桃色に輝く。まるで葛飾北斎の版画だ。光の加減で色が刻々と変わり、私は感動で目を潤ませていた。

今だから白状しよう。これには裏話がある。海軍の通訳士官だった私は、派遣先の中国で原隊への復帰を命じられた。原隊はホノルル。上海から飛行機で経由地の神奈川県厚木に到着した。せっかくの日本、このまま離れたくはない。出迎えた係官に「原隊は横須賀」と、とっさにウソをついて残ったのだ。

日本でやることもあった。ハワイの捕虜収容所などで知り合った日本人の家族に、夫や息子の無事を伝えたかった。東京・四谷の焼け野原を歩き、吉祥寺や鎌倉にも行った。

米兵の私の訪問に、悲鳴を上げられたこともあった。用件を伝えると、奮発して貴重な砂糖を何杯も入れた、甘すぎる紅茶を出されたりもした。そうしているうちに一週間。ウソがばれないか心配になり「横須賀は勘違い。原隊はホノルル」と申し出た。

即座に原隊復帰となり、その上陸用舟艇に乗ったのだ。何という、巡り合わせだろう。私は聞いたことがあった。「日本を去る直前に富士山を見ると再び日本に戻れる」と。

私は日本に戻りたかった。ニューヨークで日本に関係のある会社を片っ端から訪ねた。だが、荒廃した日本に仕事はない。東京裁判の通訳に誘われたが、捕虜の尋問で嫌な思いをしていて、悩んだ揚げ句に断った。

再び日本の土を踏んだのは、その八年後の五三年。奨学金で京都大学に留学した。

あこがれの地で日本文学研究は進み、夢のような二年間だった。留学生活は、谷崎潤一郎が開いてくれたお別れ会で締めくくられた。

帰国便に乗ったときのことは、今でも覚えている。私は永井荷風の『すみだ川』を読み、その美しい日本語に涙を流した。当時の状況から「もう日本に来ることはない。そんな金は得られやしない」と思ったからだ。

ところが、不思議なもので翌五六年には、米誌「ニューズウィーク」が旅費を出してくれて東京へ。石原慎太郎の『太陽の季節』などについて記事にした。五七年には東京と京都で開催の「国際ペンクラブ大会」の米国代表に選ばれた。後のノーベル賞作家ジョン・スタインベックらそうそうたる代表団の一員となったのは、私が日本語を使えるからだった。大会では、私がハワイで尋問した元捕虜の記者と再会し、彼の取材に協力をした。

今や私は日本人。正月には自宅マンションから富士山がよく見える。安部公房に車で富士山の麓に連れて行ってもらったこともある。日本人のように恥ずかしがり屋の富士山は、最初に見せてくれたあの顔を再びは見せてくれない。だが、あの時の富士山が私を今に導いてくれたのでは——と思うことがある。

小田実の『玉砕』

二〇一三年二月三日

先日、出版社の計らいで作家の故小田実《まこと》の妻、玄順恵《ヒョンスンヒエ》さんと対談した。「ベトナムに平和を！　市民連合（べ平連）」で知られる小田は五年半前に亡くなったが、その半世紀近く前に知り合い、長い親交があった。玄さんとの話は弾み、予定時間を大きくすぎて夕食もご一緒してしまった。

小田と初めて会ったのは一九五九年、ニューヨークだった。奨学金でのハーバード大学大学院留学を終えた小田が、私を訪ねてきた。私の記憶では近くの中華料理店に行ったのだが、小田の日記には「手料理を振る舞われた」とあるそうだ。それが正しいのだろう。

玄さんによると、ベストセラーとなった小田の『何でも見てやろう』には、私の影響があったという。私は江戸時代からの日本人の西洋に対する見方を調べて『日本人の西洋発見』を五二年にロンドンで出版し、その邦訳が五七年に出た。その初版本を小田が読んで海外への関心を深め、留学したそうだ。

玄さんは、私も持っていない初版本を持参して、見せてくれた。こそばゆいが、私がベストセラー誕生に一役買ったのなら幸いだ。

逆に、私が影響を受けた小田作品は九八年の『玉砕』だ。第二次世界大戦でパラオ諸島のペリリュー島で全滅した旧日本軍がテーマだった。私は米海軍に通訳士官として従軍し、旧日本軍の初の玉砕とされるアリューシャン列島のアッツ島での闘いを間近に見た。私は銃を持たず、誰も傷つけはしなかったが、凍《い》てつくような寒さの中、生まれて初めて、ろう人形のような死体を見た。その光景は今でも覚えている。

『玉砕』を読んで、私自身の記憶がよみがえり「これを英訳して、世界に伝えるべきだ」と思った。小説の英訳は、三十五年前の三島由紀夫の『宴のあと』以来だった。

英訳本は二〇〇三年にニューヨークで出版され、それを原作としたラジオ・ドラマ『Gyokusai, The Breaking Jewel』が、広島に原爆が投下されてちょうど六十年の〇五年八月六日に英BBCワールド・サービスで放送された。世界で四千万人以上が聴いたそうだ。

旧日本軍の玉砕は、理解できないことばかりだった。最後の手りゅう弾を敵に投げるのではなく、なぜ自分の胸にたたきつけたのか……。「生きて虜囚の辱めを受けず」と洗脳され、信じていたようだが、それは日本の伝統でも何でもない。日露戦争では多くの日本兵が捕虜となり、彼らはそれを恥辱とは思わず、日本に帰還した。

アッツ島は戦略上、重要な拠点ではなかった。その証拠に、近くのキスカ島から旧日本軍は何の抵抗もせずに退却した。アッツ島からも退却できたはずだ。ペリリュー島でも戦略上、不要となってからも抵抗は続いた。

米兵が「バンザイ突撃」と呼んだ玉砕。何のために、どうして玉砕したのか——。玄さんと久しぶりにお会いして、もう一度、小田に聞いてみたくなった。

被災地を思い続ける

二〇一三年三月三日

　東日本大震災から今月で二年になる。死者・行方不明者が二万人近い、かつてない大災害だったにもかかわらず、東京で暮らしていると、人々の被災者への思いが「少しずつ風化しているのでは」と感じることがある。多くの被災者は今、どうしているのだろうか。

　被災直後に家を失い、家族を亡くした被災者たちが、泣き叫ぶでもなく、静かに辛抱強く、支え合って生きている姿は、私に第二次世界大戦前後の人気作家、高見順の言葉を思い出させた。

　高見は東京大空襲直後の上野駅で、全てを失った戦災者が、それでも秩序正しく、健気《けなげ》に疎開列車を待っている様子に「こうした人々と共に生き、共に死にたいと思った」と日記に残した。私も同じ気持ちになっていた。

　私は日本人になって一年になる。以前からの日本への愛、日本人への尊敬の念は変わらない。ただ、震災後の日本には、少しがっかりさせられている。

日本は天災が多い国だが『方丈記』や『源氏物語』などを除けば文学作品に天災は出てこない。悲惨な記憶は残したくないからだろうか。日本では忘年会も盛んで「過去を忘れる」というのは未来志向の知恵ではある。だが、仮設住宅の被災者も原発事故の避難者もそのまま。震災は現在進行形なのだ。

一九五七年に東京と京都で開かれた国際ペンクラブ大会で、私は高見と知り合った。以来、著書を送ってくれた高見は、戦災者に感銘を受ける一方で、権力を持った日本人の傍若無人ぶりには失望していた。それにも、私は共感する。

被災地の復興予算が「復興とは無関係の事業に流用されていた」と東京新聞や英BBC放送などが報じた。官庁の役人たちは震災を忘れてしまったのだろうか……。被災者の冷静な行動で大きく上がった日本の国際イメージが、傷ついてしまった。

先日、お会いした英国生まれで日本国籍を取得した作家のC・W・ニコル*さんは、宮城県東松島市の高台に復興の森を作り、学校を建設する計画を進めている。日本の有力な政財界人に復興に直接、手を貸している人がどれほどいるのだろうか。

原発事故についてもそうだ。「原発は安全」と私たちをだましてきた。ウソがばれたのに、まだ事故の検証も終わらぬまま本格的な再稼働に向けて動きだした。「二〇三〇年代に原発稼働ゼロ」も揺らいでいる。東京では夜の明るさが震災前に戻っているが、原発に頼らないための節電はどうなってしまったのか。

高見は日本の敗戦についてこう書いた。「今日のような惨憺《さんたん》たる敗戦にまで至らなくてもなんとか解決の途《みち》はあったはずだ。その点について私らもまた努むべきことがあったはずだ。それをしなかった。そのことを深く恥じねばならぬ」

今、私たちにできることはあるはずだ。

＊Ｃ・Ｗ・ニコル・アファンの森財団による宮城県東松島市での「復興の森づくりとニコルの森の学校プロジェクト」

私の「センセイ」

二〇一三年四月七日

母校コロンビア大学で講演を依頼され、先月、ニューヨークに行ってきた。ちょうどその一年前に日本国籍を取得して、赤いパスポートでの渡航は二度目だが、米国は初めて。ハドソン川に臨む部屋を一昨年八月に引き払って以来のニューヨークである。

講演会で私は「学士、修士、博士号をコロンビア大学で取得した。そして、ここで教え続けた本物のコロンビアン」と紹介された。コロンビアンとしてニューヨークにはたくさんの思い出がある。

三島由紀夫や司馬遼太郎ら多くの作家が訪ねてくれた。面白く思い出されるのは、一九六四年の安部公房だ。後にコロンビア大学で名誉博士号を受けた安部とは初対面だったが、私は日本語をしゃべれるのに、彼が若い女性の通訳を連れてきたことが不快で、プイと横を向いて通訳を無視した。悪印象を与えたようで安部は私を

「薬物中毒」と思ったそうだ。後に笑い話となったが、通訳はオノ・ヨーコだったと聞いた。

今回、ニューヨークで最初に会ったのは、著名ジャーナリスト、ジョン・ガンサーの妻ジェーンだ。ジョンが夫妻で旧ソ連の首相だったフルシチョフと会ったとき、いの一番に「米国の男性は誰でも、こんな美人を妻にしているのか」と聞かれたという逸話の主だ。

ジェーンには一九五〇年代に元女優のグレタ・ガルボを芝居に連れて行くよう頼まれたことがある。芝居は確か『アンネの日記』だった。引退後だったが、初期ハリウッドの伝説的な美人女優。人目をはばかりながらの観劇だった。

しかし、何といっても深く思い出されたのは角田柳作《つのだりゅうさく》先生だ。一八七七年生まれで、学生としてお会いしたときに既に六十代だった。質実剛健で日本的美徳をまとった人だった。私は彼の「日本思想史」を受講しようとした。第二次世界大戦前夜で対日感情の悪化もあり、希望者は私だけ。「一人のためでは申し訳ない」と辞退を申し出た。だが、角田先生に「一人いれば十分です」と諭された。

角田先生は、講義前に黒板にビッシリと書き込んで準備した。ノートを見ずに空《そら》で講義した。教壇の机にはたくさんの本を置き、どんな質問にも答えられるようにしていた。学生たちから愛され、引退の機会は何度かあったが、そのつど、学生の要望で留《とど》まり、八十七歳で亡くなる直前まで教え続けた。コロンビア大学では日本語で「センセイ」と言えば、角田先生のことだった。

私が『おくのほそ道』を初めて習ったのはセンセイ。『方丈記』や『徒然草』も教えてもらった。戦中にスパイ容疑で逮捕されたこともあり、日米のはざまで苦悩もあっただろう。だが、そんなことをおくびにも出さなかった。

「米国で日本の理解が少しでも進むように」と戦前から奔走したセンセイは、「私はまだ生徒ですから」と最期まで謙虚に学び続けた。昨年、卒寿《そつじゅ》を迎えた私が、今も研究活動を続けているのは、その薫陶《くんとう》のおかげでもある。

日本兵の日記

二〇一三年五月十二日

ニューヨークでの講演からの帰り道、私が日本語を習った米海軍日本語学校があったカリフォルニア大学バークレー校を訪ねた。卒業以来、七十年ぶり。どの校舎が語学校だったか定かではなく、学内の警察官に尋ねた。すると「そんな学校があったのか」と逆取材された。結局は特定できなかったが、大時計が付いた塔には見覚えがある。確かに私はここにいた。

日米開戦直後、ラジオで「日本語ができる米国人は五十人」と聞いた。実際には米本土に日系人が数万人いて、間違っていたが、私は信じてしまった。誰からか海軍語学校の話を聞き、面接を経て一九四二年二月に入学した。同期生は三十人ほど。日系人はおらず、語学の習熟能力で選ばれた有名大学の上位五パーセントの学生ばかりだった。

クラスはレベル別に六人以下の少人数制。教師陣はほとんどが日系人で授業は一日四時間だった。休みは日曜日だけ。予習、復習で一日四、五時間はかかる猛特訓だった。戦中、日系人が強制収容されるようになると、日系人社会に反米意識が芽生え、教師たちは「米国のために働くのか」と非難された。心中は複雑だっただろう。なかには黒板に「亜細亜は亜細亜人に」と日本軍の標語を書いて、解雇された教師もいた。だが、ほぼ全員が熱心に教えてくれた。

後で分かったが、海軍は陸軍と違って日系人を信用していなかった。陸軍では、日系人部隊がイタリア戦線で活躍したりした。だが、海軍は日系人を排除した。そこで、日系人ではない通訳を養成していたのだ。語学校卒業生にはエドワード・サイデンステッカーやオーティス・ケーリら、その後に日米の懸け橋となった人材もいた。

入学当時、私は日本語をほとんど話せなかった。だが、性に合ったようで、十一か月後には、総代として日本語で告別の辞を述べ、ハワイの真珠湾に派遣された。指令は「戦場で回収した日本軍の文書の翻訳」だった。開戦から破竹の勢いで南方展開した日本軍。転機の一つが、四二年八月の「ガダルカナル島の戦い」での大敗だった。同島から届いた文書には、戦死した日本兵が書いた、血痕が残り、異臭を発していた日記もあった。

　米軍は情報流出を恐れて日記を禁じていた。一方、日本軍は毎年元旦に日記帳を支給。日本兵は上司検閲の下、戦意高揚のための勇ましい文章を書かされた。だが、米軍からの攻撃だけでなく、戦友がマラリアにうなされ、飢餓で動けなくなり――。日記には、押し殺していた死への恐怖、望郷の念、家族への思いがあふれ出ていた。それに心動かないはずがない。初めて心通わせた日本人たちだった。

　最後のページに英語で「戦争が終わったら、家族に届けてほしい」と書かれた日記があった。それをかなえようと、机に隠しておいたが、留守中に調べられて没収された。痛恨の極みである。

　海軍では武器を手にしない通訳士官は士官扱いされず、見下された。海軍に違和感を持っていた私は、敵だった日本兵の最期の言葉に思わぬ感銘を受けた。没収された日記の行方は、いまだに気にかかっている。

ケンブリッジ大学の講義

二〇一三年六月二日

私には十五年前から年に一度の恒例行事がある。大型客船「飛鳥Ⅱ」による航海だ。以前の客船は「飛鳥」だったが、世界一周ツアーの一部にあたる約二週間の航海に、「船上での何度かの講演」を条件に招待されている。今年は五月末にイスタンブールに飛び、そこから乗船。今、船旅の最中だ。

イスタンブールにはほろ苦い思い出がある。六十二年前の一九五一年、英国ケンブリッジ大学に留学中の私は近松門左衛門の『国性爺合戦《こくせんやかっせん》』の英訳本*を解説付きで出版した。思い入れのある私の最初の著作で、ちょうどそのとき、私はイスタンブールで国際東洋学会に出ていたのだ。

初めてのイスラム圏で、古い木造建築が多く、モスクは美しい。見るもの全てが物珍しくて一か月ほども滞在した。その間、私は自著が英国中の本屋に並べられている——と勝手な想像でワクワクしていたのだ。だが、戻ってみると、どこにもない。出版元からは「今のペースでは、印刷した千冊を売り切るまでに七十二年」と連絡が来た。私の愛する古典への無関心ぶりに、これ以上ないほど落胆した。

翌五二年には、もっと悲惨な思いをした。同大で日本文学の公開講座を開くことになった。「分かりやすく、面白い内容で」と意気込んで会場に入ったが、二百人は入れる大講義室に聴衆は約十人だけ。しかも、全員が知り合いだった。

第二次世界大戦中、多くのケンブリッジ大学出身の英兵が旧日本軍の捕虜となり、当時のビルマなどで橋を架ける重労働に酷使された。地元の反日感情は強く、知り合いたちは「誰も来ないのでは……」と来てくれたのだ。私はひどく傷ついた。

留学中に頼まれて日本語を教えていた。「東洋の他の言語を教えられないか」と聞かれ、「海軍時代に朝鮮半島出身の捕虜から朝鮮語を少し習った。あいさつ程度なら」と答えると「それでいい」。それでも、朝鮮戦争の影響で意外に受講者はいた。その中の一人が、後にロンドン大学で朝鮮語の教授になり、私は自分が「英国の朝鮮研究の父」だと密かに思っている。だが、肝心の日本語の講義は不人気。一年間の講義で、学生からの質問は「もう一度言ってください。フィフティーン（十五）ですか、フィフティ（五十）ですか？」だけだった。

第二次大戦直後、日本はその荒廃ぶりから「復興に五十年はかかる」と言われ、米国の大学には日本文化はおろか、日本語を教えるポストはなかった。私は「ジャパノロジストを目指すのは止めよう」と思ったこともある。思い直して、ケンブリッジに留学したが、さすがに「もう止めよう」と決心した。

実際、ロシア語を習い、専門分野を変えようとした。ところが、どういうわけか覚えられない。そのときに、頭に浮かんだのは、芭蕉の『笈の小文』の一節。「つゐに無芸無能にして只此《ただこの》一筋に繋《つなが》る」。私には日本研究しかないのだと。

ケンブリッジ時代には、私が世界一周航海に招待されるなどとは夢にも思わなかった。私は、自分は幸運だと思う。だが、その幸運は、紛れもなく芭蕉の教えがもたらしてくれた。私は「おくのほそ道」を巡る旅をしたことがあるが、芭蕉は研究対象であっただけでなく、「人生の旅」の師でもあった。

＊ *"The Battles of Coxinga"*

古浄瑠璃の地・新潟

二〇一三年七月七日

私は先月、九十一歳になった。日本では、高齢者はおしなべて大切にされ、私も恩恵を受けている。だが、こと「古いもの」となると話は別である。古典を愛する私には、どうも日本人が「古い日本」の良さを、十分に認識していないような気がしてならないのだ。

一例が、近松門左衛門が活躍する以前の江戸時代初期の古浄瑠璃本『越後国《えちごのくに》柏崎《かしわざき》弘知法印御伝記《こうちほういんごでんき》』だ。御伝記は、裕福な家に生まれたほうとう息子が妻の死を契機に出家し、修行の末に即身仏になる物語。浄瑠璃の歴史上、貴重な資料である。それが日本には残されていなく、ロンドンの大英博物館に、三百年以上も前から保管されていたのである。

御伝記は十四世紀に即身仏となり、今も新潟県長岡市の西生寺《さいしょうじ》に安置されている弘智上人《こうちしょうにん》がモデル。一六八五年に江戸で刷られ、ドイツ人医師が長崎から持ち出したとされる。大英博物館の蔵書となり、それを早稲田大学名誉教授の鳥越文蔵が見つけた。四年前には文楽の三味線弾きで活躍した越後角太夫《かくたゆう》（息子の誠己《せいき》）が中心となって上演。当時の大衆娯楽が体感でき、大好評だった。

だが、御伝記が持ち出されなければ、大英博物館が保管していなければ、さらには鳥越が気付かず、角太夫が上演しなければ、古浄瑠璃は永遠に日の目を見なかったのだ。

私は一九五三年に京都大学大学院に留学した。当時の楽しみの一つが文楽や能の観劇だった。自らも「日本文化理解の一助に」と狂言の稽古をした。喜多能楽堂で谷崎潤一郎や川端康成らが見守る中、『千鳥』の太郎冠者《かじゃ》を演じもした。だが、第二次世界大戦敗戦の影響か「古い日本」は否定されがちで、当時から伝統芸能は「いずれは姿を消す」とも言われていた。

五七年に日本で国際ペンクラブ大会が開かれ、私が一員だった米国のほか、各国の代表団が能を鑑賞した。直後、記者からの質問は「退屈したでしょう？」。同時期に三島由紀夫の近代能がニューヨークで話題となり、ある特派員から取材を受け、「能とは何ですか？」と聞かれた。冗談を言っているのかと思ったが、そうではなく、私はあぜんとした。欧米の文化吸収に忙しく、世界に誇る日本の伝統芸能を忘れていたのだろうか。

戦後七十年近くたった今も、状況は変わっていない。大阪市では昨年、文楽への補助金削減が打ち出され、物議を醸したばかりだ。

私のように日本の伝統芸能に夢中になる人は、海外に少なくない。私は六六年に、自らが興行師となって能の一行を日本から招待し、スポンサーを募って米国とメキシコで三十六回ほどの上演ツアーを主催した。大成功だった。

『越後国柏崎 弘知法印御伝記』はゆかりの地、新潟県柏崎市でも上演された。今、柏崎といえば、過疎地に立地されがちな原発が連想される。だが、古浄瑠璃の舞台となったことからも分かるように、昔から豊かな文化があった場所だ。日本はどこで記憶を置き忘れ、なぜ柏崎は原発を受け入れることになったのか――。

原爆投下の機密

二〇一三年八月三日

広島と長崎に原爆が落とされ、玉音放送が流されたのは八月。日本ではこの時期新聞やテレビがこぞって、第二次世界大戦を特集する。「八月ジャーナリズム」と聞いたことがある。「ジー、ジー」「ミーン、ミーン」と蟬時雨《せみしぐれ》が暑苦しいこの季節には、私も「ある事件」を思い出す。

一九四五年七月。米海軍の通訳士官だった私は、沖縄上陸作戦中に投降してきた日本兵ら約千人の捕虜を連れて航空母艦でハワイへ向かうよう命じられた。途中に寄港したサイパン島で事件はあった。将校クラブで、近くのテニアン島から来ていた飛行士が酔って、大声でしゃべっていた。「戦争はあと一か月で終わる。賭けないか」と。

飛行士たちは、概してお高くとまっていて誇張癖もあり、私は信用していなかった。それに、日本軍は「本土決戦」とまくし立てていた。物資面で米軍が圧倒的だった沖縄上陸作戦でさえ四か月はかかった。これから九州上陸か——と、うんざりしながらも多くの米兵は「戦争はまだ続く」と思っていた。誰も飛行士を相手にはしなかった。だが、飛行士は知っていたのだ。ニューメキシコ州ロスアラモスの研究所で開発された原爆がテニアン島に届き、B29爆撃機「エノラ・ゲイ」が投下準備をしていたという最高機密を。

私は八月第一週にハワイに到着した。その夜、奇妙な夢を見た。新聞売りの少年が「号外、号外」と叫んでいた。何とはなく「虫の知らせ」を感じてラジオをつけると「広島に原爆投下」と報じていた。日本人捕虜の収容所に行くと、広島が壊滅的打撃を受けたことは知られていて「よかった。これで戦争が終わる」と言う捕虜もいた。

その午後、真珠湾にある司令部に帰還の報告に行った。司令官は私に「貴官は海外勤務を十分に果たした。帰郷休暇をとる資格がある」と言った。ただ、「終戦は近い」という認識があったのだろう、「日本に行く気はないか」と付け加えた。私は即座に日本行きに同意した。

私は、軍用機で西に向かい、グアム島で待機することになった。そこで、今度は長崎への原爆投下を知った。まとわりつく熱気と湿気に汗を滴らせながらラジオを聞いたが、ショックだったことがあった。二つ目の原爆投下について、トルーマン大統領が「jubilantly（喜々として）」発表した、というくだりだ。

広島にしても、長崎にしても、十万人を超える多くの市民が、熱風と爆風、そして放射能の犠牲となった。そのときの被爆で、六十八年たった今も苦しんでいる人たちがいる。当時、原爆被害の実態は分かっていなかったが、それにしてもその威力は絶大で終戦は時間の問題だった。なぜ、原爆を二度も投下する必要があったのか、正当化できる理由は何も考えられず、私は深く思い悩んだ。

その六日後だった。ひどい雑音に混じってラジオから流れてくる玉音放送を聞いた。文語調の言葉で私には内容がよく分からなかったが、一緒にいた日本人捕虜は涙を流していた。

伊勢神宮の式年遷宮

二〇一三年九月八日

今年は伊勢神宮（三重県伊勢市）の社殿が二十年に一度、建て替えられる式年遷《せん》宮《ぐう》の年。私は先月、遷宮行事の一環の「お白石持行事《しらいしもち》」に参加した。白石を積んだ奉曳車《ほうえいしゃ》の綱引きは遠慮したが、夕方、宇治橋で白石を受け取り、まとわりつく熱気に汗をにじませながら、一キロ強を歩いて新社殿に納めた。二拝二拍手一拝。西の空に三日月が浮かび、千三百年以上も前から続く伝統行事の重みを感じた。

私はこれまでに「ご神体」を新社殿に移す、遷宮の一番重要な儀式「遷御《せんぎょ》」を三回拝観した。最初は京都大学大学院に留学した一九五三年。『おくのほそ道』で松尾芭蕉が最後に向かった伊勢の遷宮があると知り、見たくなった。何のあてもなかったが、下宿近くの北野天満宮に教えを乞いに出かけていった。神道の信者でもないのに、宮司は聞き入れてくれ、寛大な計らいで招待された。

見渡す限り外国人は私だけ。紋付きもモーニングも持っておらず、スーツ姿で少々気まずかった。だが、終戦からまだ八年。唐草模様の風呂敷で作ったスカート姿の女性など粗末な服装の参列者もいた。ただ、神聖な空気に誰ひとり声も出さず、シーンと静まり返っていた。

薄暗くなってから儀式は始まった。古い社殿から新社殿へ、行列は一歩一歩進んだ。最後に「ご神体」を覆った絹の幕が通ったときだった。不思議なことが起きた。参列者たちの拍手の音の波が、幕の移動に合わせて横へ、横へと流れていった。幕の中に本当に「ご神体」があるのかどうかは問題ではない。何もなくても、参列者たちの心には神がいたのだ。私が日本で見た祭りの中で一番感激した瞬間だった。

七三年には駐日大使など外国人ばかりの席に案内された。日本人と時間を共有したかった私はがっかりした。ただ、二十年前と違い、参列者は皆、豊かな身なりだった。その年、私はどこに宿泊したか覚えていない。だが、老舗の麻吉《あさきち》旅館のようだ。遷御の翌日の日付で私が一句詠んだ色紙が残っていた。

「涼しさや　祭りの後乃《の》　秋の朝」。女将《おかみ》が四十年も色紙を保管していてくれた。芭蕉の影響を受けた中々《なかなか》の句と恥ずかしながら自賛しておこう。

九三年は、司馬遼太郎と一緒に参列した。参列者たちはしゃべったり、なかには飲酒する者もいて職員にとがめられていた。以前と雰囲気は大きく変わった。豊かさと反比例して、日本人が持つ高い精神性が衰えたかのようで残念だった。

私が最初に拝観したのは、日本が五二年に独立を回復して初めての遷宮だった。今回は私が昨年、日本人になって初めてとなる。西欧文化では神殿に「永遠」を求めて大理石などで造るが、二十年ごとにヒノキで建て替える伊勢神宮には日本特有の「清浄」という感覚がある。まっさらになり原点に立ち返ることで、伝統が続いていく。遺跡の神殿とは違って、歴史が生きているのだ。

一昨年三月の東日本大震災、そして福島原発の事故――。多くの被災者がいまだに厳しい現実に直面している。だが、この国は、新社殿のようにまっさらになって必ず立ち直る。十月の遷御を前に、そう確信している。

ノーベル賞と三島

二〇一三年十月六日

五輪の東京開催が決まり、作家の三島由紀夫を思い出した。一九六四年の東京五輪。三島は新聞社から寄稿を依頼され、五輪会場に取材で通っていた。ニューヨークの私に届いた航空便には「重量挙《じゅうりょうあげ》のスリルなどは、どんなスリラー劇もかなはない」と書かれ、興奮ぶりが伝わってきた。そして端的に勝敗が決まり、敗者が勝者をたたえる美しさにこうも書いていた。

「文学にもかういふ明快なものがほしい、と切に思ひました。たとえば、僕は自分では、Aなる作家は二位、Bなる作家は三位、僕は一位と思つてゐても、世間は必ずしもさう思つてくれない」。既に国内外で作品は知られ、三島は海外で最も有名な日本人だった。だが、その証《あか》しが欲しかった。最高の栄誉、ノーベル文学賞が欲しいのだと私は直感した。

三島は自分の作品が多く翻訳されれば賞に近づくと信じていたようで、私にしばしば自著の翻訳を依頼した。私が安部公房の作品を先に英訳したときなどは「僕の小説を先に翻訳する倫理的な義務がある」とまで不快感を伝えてきた。

戦後の混乱から落ち着いた一九六〇年代は、日本文学が世界的に注目された時代だった。『金閣寺』を読んだ当時の国連事務総長ダグ・ハマーショルドが三島を高く評価し、六一年にノーベル賞の選考委員会に推薦した。それは重く、三島は毎年、候補者として名が挙がった。

当時、私はノーベル賞に次ぐ栄誉とされていたフォルメントール賞の審査員だった。毎年、三島を強く推したが、いつも次点止まりで私は落胆した。だが、六七年の審査会直後だった。スウェーデンの一流出版社ボニエール社の重役が私に「三島は間もなく、もっと重要な賞を受けるだろう」と言い残した。それは、ノーベル賞以外にありえなかった。ところが、翌六八年に日本人初の文学賞を受賞したのは川端康成だった。

後日談がある。七〇年、コペンハーゲンで地元大学の教授に招かれての夕食会だった。参加していたデンマーク人作家ケルビン・リンデマンが「私が川端に勝たせた」と言い出したのだ。リンデマンは五七年の国際ペンクラブ大会への出席で二、三週間、日本に滞在した。それだけで北欧では日本文学の権威とされ、選考委員会に意見を求められたそうだ。当時四十三歳の三島に「若い。だから左翼的」と理不尽で、しかも誤った論評で反対し、六十九歳の川端が年齢的にふさわしいと推薦した——というのだ。

真偽は分からない。だが、川端の受賞で次の日本人受賞まで、二十年も待たなければならない——と落胆した三島は『豊饒《ほうじょう》の海』を集大成として書き残し、七〇年十一月に自決した。三島の文壇デビューを支え「自分の名が残るとすれば三島を見いだした人物として」と話していた川端が葬儀委員長だった。

川端は、疑いなくノーベル賞に値する大作家である。だが、受賞後は思ったような作品を書けず、七二年四月に自殺が報じられた。大岡昇平によれば、ノーベル賞が二人を殺したのだ。ノーベル賞の発表は今月。五輪招致と同様に銀と銅はなく、あるのは金メダルだけ。また新たな歴史が生まれる。

『源氏物語』との出会い

二〇一三年十一月三日

今月一日は「古典の日」だ。「古典に親しもう」という思いを込めて昨年、法制化された。日本には素晴らしい古典が多々あるが、その一つ『紫式部日記』の一〇〇八年十一月一日に『源氏物語』についての最古の記載がある。それにちなんだ記念日だ。私の日本文学研究の旅も一九四〇年のちょうど今ごろ、思わぬ出来事で始まった。

当時、十八歳の私はナチス・ドイツの脅威に憂鬱《ゆううつ》だった。ナチスはポーランドに侵攻し、フランスも占領していた。ナチスの記事が載った新聞を読むのは苦痛だった。第一次世界大戦で出征した父が大の戦争嫌いで私も徹底した平和主義者。「war（戦争）」の項目を見たくないので百科事典の「w」のページは開かないようにしていた。

そんなある日、私はニューヨークのタイムズスクエアでふらりと書店に入った。

目についたのがウエーリ訳の『源氏物語』。日本に文学があることすら知らなかったが、特売品で厚さの割に四十九セントと安く、掘り出し物に映った。それだけが買った理由だった。

ところが、意外にも夢中になった。暴力は存在せず、「美」だけが価値基準の世界。光源氏は美しい袖を見ただけで女性にほれ、恋文には歌を詠む。次々と恋をするが、どの女性も忘れず、深い悲しみも知っていた。私はそれを読むことで、不愉快な現実から逃避していた。

『源氏物語』のテーマは普遍的で言葉の壁を越える。日本人が思う以上に海外での評価は高く、十か国語以上に翻訳されている。英訳もウエーリ訳のほか、日本文学研究家のサイデンステッカー訳と私の教え子のロイヤル・タイラー訳がある。その中でも、私にはウエーリ訳が一番だ。

私の尊敬する翻訳家ウエーリは特異な天才だった。日本語を含め複数の言語をいとも簡単に独学で習得し、『枕草子』など多くの英訳本を書いた。ロンドン在住で日本政府に招請されたが「平安朝の日本にしか関心がない」と応じず、日本には一度も来なかった。

ウエーリは原文の文章を一度読んでは少し考え、後は確認せずに訳した。原文と英訳が大体同じなら、そのままにした。その方が自然な英語になるからだ。実際には不正確な訳もあり、サイデンステッカー訳やタイラー訳の方が原文に忠実なのだが、どうしても翻訳色が抜けない。その点、ウエーリ訳は英文小説として傑作なのだ。

『源氏物語』の現代日本語訳はいくつかあり、谷崎潤一郎訳が有名だ。私はウエーリの英訳と谷崎の現代語訳を比較し「ウエーリが優れている」と文芸誌に書いたことがある。だが、谷崎に不遜だったと反省し、わび状を書いた。返信には「何も気にかけてをりません」。私はホッとした。

谷崎は『源氏物語』に影響を受けたようで「源氏を現代語訳しなければ『細雪《ささめゆき》』もなかったのでは」ともいわれている。終戦直後の四八年ごろだったと思う。谷崎は三冊本の『細雪』にサインしてウエーリに送った。日本の現代文学に無関心だったウエーリは読んだが、食指は動かなかったようで、三冊本を私にくれた。私は『細雪』を傑作だと思った。だが、谷崎の「私の源氏も訳してほしい」という願いはウエーリには届かなかった。

沖縄戦と日系人ジロー

二〇一三年十二月十五日

ホノルルから航空便が届いた。一九四五年四月、米軍の沖縄上陸作戦に私が参加したときの部下からだった。「ジロー」と呼ばれた日系二世の比嘉武二郎《ひがたけじろう》。私より一つ年下の九十歳からの手紙には元気な近況がつづられ「Aloha from Hawaii」とあった。枯れ葉舞う東京に届いたハワイからのそよ風に、頰がゆるんだ。

沖縄上陸はよく覚えている。日本軍は南部に戦力を集中していて、私たちは何の攻撃も受けずに読谷村《よみたん》に上陸した。その一週間後だった。米陸軍の第九六歩兵師団が通訳士官を求めていた。海軍の通訳士官だった私が志願すると、十人ほどの日系人の通訳を部下につけられた。その一人がジローだった。

ジローは両親が沖縄出身で移民先のハワイで生まれた。家族の都合で幼少年期を沖縄で過ごし、十六歳で再びハワイへ。七十二年前の今月七日（現地時間）は、ホノルルで皿洗いのアルバイトをしていた。日本軍の真珠湾攻撃の爆音が耳に届き

「今日の演習は派手だな」と思っていたそうだ。

私は沖縄で方言が分からず苦労した。その点、完璧だったジローがある日「伯母の家でお昼を食べよう」と誘ってきた。何の気なしに応じたが、不思議な体験だった。日米が交戦する最前線からほんの数キロ離れた日本人民家で、私たち米兵が歓待されたのだ。無理して準備してくれただろう食事はありがたくいただいた。ただ、ごぼうのスープだけは口に合わず、飲み干すのに冷や汗が出た。お代わりを勧められて困惑したことは、忘れられない思い出だ。最後に一つだけ覚えた方言で「クワッチーサビタン《ごちそうさま》」。

英語はうまくなかったジローだが、日本人を「ジャップ」とさげすんで呼び、米兵が好む簡単な常とう句をしたり顔で使い、妙に陽気に振る舞っていた。当時、ハワイで日系人は肩身が狭く、その中でも沖縄出身者は下に見られていた。必要以上に米国人を装ったのだろう。だが、ジローが尋問した捕虜には小学校時代の恩師や同級生がいて、こっそり厚遇したそうだ。「米兵のジロー」には「沖縄の武二郎」が隠れていたのだ。

ジローのような日系人の元米兵は少なくない。ハワイの海軍基地で私と一緒だった日系二世のドン・オカは七人兄弟で、そのうち五人は米兵、二人は日本兵として世界大戦に出征した。オカと日本兵の弟は同時期にサイパンにいて、弟はそこで戦死した。九十三歳のオカはロサンゼルスの老人施設にいる。

最近、米国で日系人兵士を再評価する動きがあると聞いた。二〇一一年には、ジローら陸軍情報部の元兵士と、欧州戦線での戦闘で有名な日系志願兵部隊、陸軍第四四二連隊の元兵士らに、最も権威のある勲章の一つの議会金章が授与された。同連隊の元兵士で昨年亡くなった上院議会の重鎮、ダニエル・イノウエには先月、文民最高位の大統領自由勲章も贈られた。

ちょうど一年前、私は沖縄を訪ねた。立ち寄った平和祈念公園の石碑「平和の礎《いしじ》」には二十万人余りの戦没者の名前が刻まれていた。ジローやオカの友人、知人もいただろう。その一人一人に、まだ知られぬ物語があるのだ。

憲法九条の行く末

二〇一四年一月五日

歌手の沢田研二さんが私のためにバラード曲を作詞してくれた。突然届いたCDに収められた『Uncle Donald（ドナルドおじさん）』。音楽好きの私だが歌謡曲には疎く、恥ずかしながら沢田さんを見たこともなければ、名前も知らなかった。「誰もが知ってる大スター」と聞いて驚いた次第だ。思わぬプレゼントに感謝しながら曲に耳を傾けた。

Don't cry, Donald　僕たちに失望しても
Uncle Donald　この国をあなたは愛し選んだ
忘れてならない　何年たっても「静かな民」は希望の灯

私の日本への愛、日本人への尊敬の念は何一つ変わっていない。ただ、確かに失望していることはある。

沢田さんは還暦を迎えた六年前、平和主義をうたう憲法九条の行く末を憂えて、バラード曲「我が窮状」を発表した。私も同じ思いだ。第二次世界大戦後、日本人は一人も戦死していない。素晴らしいことである。そんな憲法を変えようとする空気に、私が息苦しくなるのは戦争体験があるからだろう。新年に、まずは世界の宝といえる日本国憲法をあらためて考えたい。

私は二度、死んでもおかしくない体験をした。一度目は沖縄に向かう洋上。早朝、輸送船の甲板に出た。見上げると青空にポツンと黒い点。それがどんどんと大きくなった。「カミカゼだ」と気付いたが体が動かない。船団の中で一番大きな輸送船にいる私に向かって急降下――。ところが、伴走していた艦船のマストに当たり、手前の水中に突っ込んだ。操縦士のわずかな計算違いに助けられたのだ。

もう一度は沖縄に上陸してからだった。「捕虜になったら殺される」と日本兵から脅されていた市民は洞穴に隠れることがよくあった。私は投降を何度も呼び掛けてから洞穴に入った。すると機関銃を構えた日本兵。私は腰を抜かさんばかりに驚いて飛んで逃げた。日本兵が引き金を引かなかった理由は分からない。ともかく命拾いした。

私は海軍通訳士官だった。最前線で撃ち合ってはいない。それでも死の淵《ふち》を見た。ましてや、物量で圧倒された日本兵や爆撃を受けた市民の恐怖たるや想像を絶する。戦争は狂気だ。終戦に日本人のほとんどは胸をなで下ろし「戦争はこりごり」と思っていた。私ははっきりと覚えている。日本人は憲法九条を大歓迎して受け入れた。

知り合いで憲法起草に関わったベアテ・シロタ・ゴードンもこう証言していた。「人権部門担当の私は、男女平等の概念を盛り込もうとして抵抗を受けた。でも九条については異論を聞かなかった」

戦争には開戦理由があっても、終わって十年もすれば何のためだったか分からなくなることが多い。最近もイラク戦争の大義名分だった大量破壊兵器は見つからず、うやむやになった。そもそも国家による暴力の軍事行動は国際問題を複雑化し、解決をより難しくする。

昨年は、言論の自由を制限する特定秘密保護法が成立した。尖閣諸島や竹島をめぐり近隣諸国との関係が緊張した。年末には安倍晋三首相の靖国神社参拝に米国からも異例の「失望」が表明された。今年は一転して、私が沢田さんに「心配ご無用」と一言返せる一年にしたい。

荷風のまなざし

二〇一四年二月二日

東京の下町を愛した作家の永井荷風が再評価されていると聞いた。英訳の『源氏物語』を読んで日本文学に傾倒した私は、今年で没後五十五年の荷風にもまた大いに影響を受けた。晩年に千葉県市川市の自宅で会ったこともある。全財産をいつも持ち歩いた、気難しい変わり者——といった印象を持たれているが、彼より美しい日本語を操った人を私は知らない。

一九五五年五月、日本での留学を終え、米国に向かう機上だった。私は荷風の『すみだ川』を読んだ。絶妙な言い回しで下町が描写され、それでいて流れるような文章に「これぞ日本語の美」と感動した。古典が専門の私が最初に英訳した近現代文学が『すみだ川』だった。

ひょんなことから荷風と会った。人嫌いで会うことすら難しい作家だったが、五七年か五八年に所用で都内の出版社を訪ねたときだった。編集者から「荷風に会いに行くが、一緒に来ないか」と誘われた。喜んで同行した。

家は細い路地の先にある木造平屋建て。年配の家政婦に迎えられた。日本では「きたないところですが」と謙遜して言うことが多いが、本当に言葉通りだったのは初めてだった。床にはほこりがたまり、座るともうもうと舞った。荷風もまた風采の上がらない老人で、ズボンの前のボタンは全開。口元から見える前歯は欠けていた。

ところが、話し出すとよどみのない清流のような日本語。初めて聞きほれた話し言葉だった。恥ずかしくも私は前夜の酒で二日酔いがひどく、会話の内容を全部は覚えていない。しかし、私の英訳『すみだ川』をほめてくれたことはうれしかった。

荷風が五九年に七十九歳で亡くなるまで四十二年間書き続けた日記『断腸亭日乗《だんちょうていにちじょう》』の五七年三月二十二日に「キーン氏訳余の旧作すみだ川をよむ」とある。

実のところ英訳には、菓子の「今川焼き」を陶器の一種と勘違いしていたりと所々に間違いがある。荷風はそれに気付いたはずだ。それでも、私の『すみだ川』への愛情を感じて、読み流してくれたのだろう。

荷風は恵まれた家庭に生まれた。エリート教育を受け、留学もした。だが、敷かれたレールを逸脱し、自分で道を選んだ。七十二歳で文化勲章を受章してからも浅草の踊り子と酒を楽しみ、享楽的だった。一方で社会を冷徹に見つめていた。

第二次世界大戦前夜からの言論弾圧下に書かれた『断腸亭日乗』でよく分かる。特高が闊歩《かっぽ》し、当局を批判すれば、逮捕され拷問が当たり前のご時世。「奇人の年寄り」とでも思われてか、特高が近寄らなかったことを幸いに、荷風は軍部批判を繰り返した。

好物のウイスキーや紅茶の入手が難しくなったことで批判したあたりは荷風らしさだが、「進め一億火の玉だ」と愛国心を強制する政策を軽蔑した。大本営発表に触れることはなかった。政府主導の言論統制の一環で設立された作家組織「日本文学報国会」には、戦前は左翼系だった作家も含め免罪符的に多くが入会したが、荷風は拒否し、硬骨漢《こうこつかん》ぶりを発揮した。

『おくの細道』に思う

二〇一四年三月二日

今月で東日本大震災から三年もたつというのに、今も被害を受け続けているところがある。原発事故があった福島県だ。私が魅せられた『おくの細道』で松尾芭蕉がみちのくへ足を踏み入れた最初の地が福島だった。『おくの細道』を四度英訳し、芭蕉の足跡をたどる旅をしたこともある私は福島に思い入れがある。原発の汚染水漏れには心を痛めている。

芭蕉は一六八九年四月に白河の関に入り、須賀川、郡山、福島――と福島県の中通りを二週間ほどかけて北上した。『おくの細道』というと、どうしても松島や山寺が思い起こされるが、芭蕉は白河の関を越えて、阿武隈《あぶくま》川を渡り、左手に磐梯《ばんだい》山を望む美しい景色に心を奪われ、句を詠むことができなかった――と書き残している。

次の目的地、須賀川に入ってから知人に促され「風流の初《はじめ》やおくの田植うた」と詠んだ。奥州路を一歩一歩進むと田植えする農民の歌声が聞こえてきた。その響きがみちのくで味わう最初の風流だった、と。

私が初めて福島県を訪問したのは京都大学大学院に留学していた一九五五年春だった。芭蕉と同じように歩くことを考えたが、当時は道路が未舗装でほこりがひどく、芭蕉の時代とは違って、歩いての旅行者向けの旅館もなかった。あきらめて、鉄道とバスで最初に目指したのが白河の関だった。

当時、私は関がどんなものか知らなかった。道の真ん中に「止まれ」と看板がある有料道路の入り口のようなものなのか、映画「羅生門」に出てきたぼろぼろの門のようなものなのか――と想像を膨らませていた。芭蕉の言葉通りに景色は素晴らしいのだが、関の痕跡を見つけられず、落胆したことは今もはっきりと覚えている。

それから何度か福島県には足を運んだ。思い出すのは、在日外国人向けに名所を紹介する英文記事を書くために福島市を訪れた八八年夏だ。福島駅で下車すると「ミスピーチ」と書かれたたすきを掛けた二、三人の若い女性に迎えられた。福島産の桃は岡山産に引けを取らないが、福島人は宣伝が下手でイメージで劣ってしまうと聞いた。勧められて口にすると、みずみずしくておいしかった。

芭蕉が訪問した信夫の里に行くと「もじ摺《ず》り石」が残っていた。芭蕉の時代に既に廃れていたが、かつて「しのぶ摺り」と呼ばれた染め物の技術があり、その模様を取るために使われた高さ二メートルもの大きな石だ。芭蕉は「早苗とる手もとや昔しのぶ摺《ずり》」と、早苗を摘み取る早乙女たちの手付きにしのぶ摺りを思い浮かべた。

そんな福島は、今や世界に「Fukushima」として知られる。原発事故の被災地としてである。桃農家は影響を受け、放射能汚染で十四万人もが今も避難を続けている。とんでもない話である。

芭蕉は『おくの細道』に中国の杜甫《とほ》の詩「国破れて山河あり……」を引用しながら、山は崩れ、河は流れが変わる——と書いた。山河もなくなることはあるが、永遠に残るのは「言葉」だと。被災地への思いは風化しがちだ。私たちは、いつまでも言葉で伝え続けなければならない。

新潟との深い縁

二〇一四年四月六日

私が四十年ほど前に三島由紀夫など四十九人の日本人作家について論評した直筆原稿が最近、見つかった。新潟県柏崎市の「ドナルド・キーン・センター柏崎」に展示されることになり、先日、内覧会に出席した。万年筆の字に「あのころはうまかった。パソコンを使うようになり、随分と下手になった」と思うと同時に、セピア色の原稿用紙に時の流れを感じた。

ニューヨークで生まれ、東京の下町で暮らす私なのに「業績を紹介するキーン・センターが、なぜ新潟なのか」と、ときどき聞かれる。五年前に私の提案で古浄瑠璃「越後国柏崎 弘知法印御伝記」が、柏崎市で約三百年ぶりに復活上演されたことがきっかけだ。地元の製菓会社ブルボンの吉田康社長が私の日本文学への思いを知り、自社の研修施設にセンターを造ってくれた。ただ、それだけではなく、私には新潟との太い絆がある。

古浄瑠璃が縁で、養子に迎えた浄瑠璃三味線奏者の上原誠己《せいき》の実家は新潟市内の酒蔵で、私もしばしば訪ねている。飼い猫のモナリザとも仲良くなり、私にとっても実家のようなものだ。

それに、私は二年前に日本国籍を得る前から新潟県人だった。長岡藩の「米百俵」を英訳したことで、一九九八年に同県長岡市の名誉市民になった。小泉純一郎元首相の演説で米百俵が知られるようになる三年前だ。「将来のために教育に投資する」という考え方は、万国共通に受け入れられ、英訳が基となってバングラデシュなどで舞台上演された。

今や、日本文学は世界中で読まれている。米百俵がどこで演じられようと驚きはしないが、世界へのとびらを開いた英訳者として、少しだけ誇らしく思っている。

二〇一〇年には、何ごとにも挑戦し続けた新潟市出身の作家、坂口安吾にちなんだ安吾賞を、同市からいただいた。

新潟との縁は古くもある。戦時中、ハワイの捕虜収容所で親しくなった小柳《おやなぎ》胖《ゆたか》は、応召時に新潟日報の編集局長だった。硫黄島で捕虜となった彼は、立場を超えて話し合えた数少ない一人だった。彼には特別任務があった、と聞いた。記者経験を買われ、米軍がB29で日本にまくビラに記事を書いたのだ。

当時、日本の新聞は大本営発表で埋まり、実態を伝えなかった。そこで、米軍はビラで事実を伝え、厭戦《えんせん》気分を高めようとした。小柳は「ビラが終戦を早める。それが日本のためだ」と協力したそうだ。ハワイの新聞社からの情報で日本本土への空襲や沖縄戦についてビラに書いた。米国では戦時中も新聞が政府を批判したことに驚き、それもビラで伝えようとした。

出征前には言論弾圧で新聞の役割を果たせず、皮肉にも捕虜となってビラに事実を書く自由を得たのだ。戦後、新潟日報に復職し、社長も務めた小柳は八六年に七十四歳で亡くなるまで、捕虜時代の体験をほとんど明かさなかったという。複雑な思いがあったのだろう。

キーン・センターの運営には新潟日報にも協力をいただいている。ハワイの収容所で「言論の自由」など未来の日本のあり方について話し合った小柳が、今、新潟で私に手を差し伸べているかのように感じる。

捕虜収容所での音楽会

二〇一四年五月六日

私は今、日本人になって二度目の訪米中だ。ニューヨークでは石川啄木について講演するために母校コロンビア大学を訪ねた。同大学の図書館の展示ケースには「東京下町日記」の切り抜きが並び「二〇一二年十月から連載中のコラム『Tokyo Downtown Diary』」と紹介されていた。まだ少し肌寒い中、大学周辺の公園には桜が咲き、遅い春を感じながら旧友とも再会した。

三年前にニューヨークを引き払ったとき、一つだけ残念だったのがメトロポリタン・オペラ（メット）の定期会員の席を失うことだった。東京ではしばしば映画館でメットの映像を見ているが、今回の訪問で最初に向かったのはメット。短期間に三度もオペラを楽しんだ。

私が思うに、音楽の魅力は文学と同様、その普遍性にある。言葉や文化の壁を越えて、誰の心にでも訴えかけてくる。私がそんな魅力を最も深く感じたのは、戦時中のハワイの捕虜収容所でだった。

一九四四年一月。米海軍の通訳士官だった私は、尋問したインテリの日本人捕虜から「クラシック音楽を聴けないのが寂しい。ベートーベンのエロイカ・シンフォニー（交響曲第三番「英雄」）を聴きたい」と打ち明けられた。捕虜に音楽を聴かせることは禁じられていない。多くの捕虜と接し「戦後日本の復興には彼らが必要」と思っていた私は、ささやかな娯楽を提供しようと収容所でこっそり音楽会を企画した。

音響効果が良さそうなシャワー室を会場に選んだ。幸い「英雄」のレコードは持っていた。ついでに、ホノルルで「支那《しな》の夜」など日本の流行歌のレコードを四、五枚買い、私の小型蓄音機を持ち込んだ。三、四十人ほどの捕虜が集まった。私は「これからお正月の音楽会です」と告げ、最初に流行歌、続いて「英雄」をかけた。

音楽会に参加した一人に、従軍記者だった同盟通信（共同通信の前身）の元記者、高橋義樹がいた。作家、伊藤整の門下生だった彼は戦後、その体験を著作に残していた。それによると彼は、私の行動が不可解で「なぜ音楽を持ち込んだのか」「捕虜の感情を探ろうとしたのか」などと疑った。だが、何ら意図を感じられず「（キーンは）微動だにしなかった。楽曲に魅せられた人間の姿があるだけだった」と結んだ。

その通りだった。不思議にもそのときに限り、私の蓄音機は素晴らしい音を奏でた。「私でなければ敵国捕虜と音楽鑑賞はできないのではないか」と、いささか自意識過剰気味になりながら旋律に身を任せていた。「英雄」が終わると、捕虜たちが私を取り囲み、音楽談議を交わした。それで距離が少し近づいたようだ。戦後、記者に復職した高橋を含め、音楽会に参加した何人かとは長い付き合いになった。一人は百歳を超えた今もご存命だ。

音楽会の夜、すっかり遅くなりホノルルの宿舎に向かうバスがなくなってしまった。ヒッチハイクすると海軍将校の車が止まってくれた。将校は蓄音機に気付き、なぜ携えているのかただしてきた。正直に話すと「お前は、日本軍が米国人捕虜に音楽会を開いてくれると思っているのか！」。灯下統制で真っ暗闇を走る車中、私は押し黙っていた。それでも、あのシンフォニーは最高だった。

元従軍記者との縁

二〇一四年六月八日

一年ぶりのニューヨーク訪問を終え、ホノルルなどに寄って東京の下町の自宅に戻ると、便箋四枚につづられた手紙が届いていた。先に、私は戦時中にハワイの日本人捕虜収容所で開いた音楽会について触れた。その音楽会に参加した元従軍記者、高橋義樹の妻幸子《ゆきこ》さん（八十三歳）からだった。

「夫はキーンさんを敵とか味方ではなく、友だちのように慕い、尊敬していた。夫は六十二歳で亡くなって三十七年になるが、あの音楽会を思い出させてくれて、天から喜びの声が聞こえてきた」と幸子さん。居ても立ってもいられず、その思いを伝えてきたようだ。彼女には会ったこともないが、古い友人から突然、便りが届いたような気がしてうれしくなった。

「チャタレイ夫人の恋人」の翻訳などで知られる作家伊藤整の門下生で同盟通信の記者だった高橋のことはよく覚えている。グアム島で密林に迷い込み、ガリガリに痩せて餓死寸前に捕虜となり、ハワイに送られてきた。

国際法上、捕虜は保護を受ける権利を持っているが、収容所は特殊な場所だ。銃弾を撃ち合った相手から、戦地より恵まれた生活環境が提供される。だが、「生きて虜囚の辱めを受けず」と洗脳教育された日本人には「戦場で死ねばよかった」「殺してくれ」と嘆願する者も少なくなかった。その中で、高橋は「捕虜として日本のために何ができるか」と考えることができた数少ない一人だった。

既に、米軍がB29で日本にまくビラを、記者経験のある日本人捕虜に作らせたことを紹介した。高橋はその一人。小笠原諸島の硫黄島で捕虜になった新潟日報の元編集局長、小柳胖らと協力して、大本営発表では知ることのできない世界情勢や戦況をビラで伝えた。それが厭戦気分を高め、終戦を早めると思ったのだ。

戦後、記者に復職した高橋とは、一九五七年に東京と京都で開かれた国際ペンクラブ大会で再会した。後のノーベル賞作家ジョン・スタインベックら率いる米代表団の一員だった私を見つけると、高橋はヒソヒソ声で特ダネをせがんできた。実際のところ、その類いの材料は持ち合わせていなかったが、知っていた情報は喜んで話した。

高橋はペン大会で、個人的に多くの写真を撮っていた。そのモノクロームの世界には、三十五歳の私の他、大会実現に向けて奔走した当時の日本ペンクラブ会長の川端康成や伊藤整、さらには三島由紀夫の姿もあった。英国の著名詩人スティーブン・スペンダーも写っていた。

私は大会期間中、スペンダーに頼まれて京都を案内した。そんな縁もあって、彼が編集者の文芸誌「エンカウンター」に私が翻訳した三島の近代能「班女《はんじょ》」が掲載され、評判になった。

ハワイの収容所の音楽会で私はベートーベンのエロイカ・シンフォニー（交響曲第三番「英雄」）をかけた。高橋は「英雄」が気に入ったようで、伊藤整が亡くなったとき、自室でしみじみと聞いていたという。私にとっても、それは最高のシンフォニーだ。半世紀以上も前の記憶を一筋につなげてくれた幸子さんからの手紙は、今月で九十二歳になる私に思いがけない誕生日プレゼントになった。

六十九年前の手紙から

二〇一四年七月六日

終戦間近の一九四五年六月十三日に書かれた私宛ての手紙が、六十九年もかかってホノルルから届いた。書いたのは、私がホノルルで米海軍の通訳士官だったときに部下だったヘンリー・ヨコヤマ。送ってくれたのは彼の妻マージだった。終戦後、医師となりハワイの地域医療に貢献した日系二世のヘンリーは十年ほど前に亡くなったが、マージが最近、部屋を整理していて手紙を見つけたそうだ。

その年の三月、私は沖縄上陸作戦に参加することになり、ホノルルからフィリピンのレイテ島へ飛んだ。艦船に乗り換え、日本軍が手薄だった読谷村に翌四月、上陸。その直後に私は陸軍第九六歩兵師団に合流した。手紙の宛名は同師団気付と間違ってはいなかったが、戦中の混乱もあって届かなかったのだろう。

手紙の中身はヘンリーと一緒に働いた、ホノルル近郊の海に面した米軍翻訳局の近況報告。少し黄ばんだ手紙を手にすると当時の記憶がよみがえってきた。

翻訳局は、私が日本研究にのめり込む原点でもあった。壮絶な戦闘があった南太平洋西部のガダルカナル島で回収された日本兵の日記を私は翻訳した。血痕が残り、異臭を漂わせた日記には、物量で圧倒的な米軍の砲撃におびえ、飢餓とマラリアにさいなまれた苦悩がつづられていた。死を予感して「家族に会いたい」と故郷に思いをはせる記述には心を揺さぶられた。

私たちには週一回、米兵の手紙を検閲する任務もあった。その手紙には「食事がまずい」「早く帰りたい」といった記述が多く、大義のために滅私奉公する日本兵との落差に、私は複雑な思いをした。日本の軍国主義を受け入れることは到底できなかったが、僚友よりも、日本兵への同情を禁じ得なかったのだ。

反戦主義者の私が通訳士官となった理由の一つが、何か特別な情報を入手して、一日でも早く戦争を終わらせようという思いだった。それはついぞ果たせなかったが、平和への思いは絶えることなく、日本人となった今も続いている。

戦後、日本人は一人も戦死していない。素晴らしいことだ。不戦を誓う憲法九条のおかげであり、世界が見習うべき精神である。ところが、日本は解釈改憲で「理想の国」から「普通の国」になろうとしている。

私は戦争体験者として、国際問題の解決には軍事行動を取るべきではないと思っている。遺体が無造作に転がる戦場に立てば、その悲惨さ、むなしさは明らかだ。それに、日本にふさわしい平和的な国際貢献の方策はいくらでもある。

「Dear Donald」で始まるヘンリーからの手紙には、仲の良かった同僚や嫌われ者の上司についてなど、他愛《たあい》もない話が内輪の隠語交じりで書いてあった。六月が私の誕生月で、ヘンリーの母が「特別にクッキーを焼いて送る」ともあった。それはどこへ行ったか分からないが、マージが手紙に別のクッキーを添えてくれた。

それを頬張ると翻訳局で机を並べた同僚たちの横顔と、血がにじんだ日記の文字が脳裏に浮かんだ。思い出は思い出だけでいい。戦後、憲法によって守られてきた日本を、少しでも戦前に戻そうとする動きに私は抵抗を感じている。

鞆の浦の魅力

二〇一四年八月三日

先月上旬、広島県福山市の鞆《とも》の浦を久しぶりに訪ねた。山口県長門市と京都市で講演会があり、その合間の一泊旅行だった。瀬戸内海に面した、江戸情緒あふれる港町だ。私は見たことがないが、アニメ映画「崖の上のポニョ」の舞台といわれているそうだ。西から近づいた台風の影響で雨模様の中、空からトンビが「ピーヒョロロー」と、そして軒下の巣から顔を出した子ツバメが「ピーピー」と私を迎えてくれた。

鞆の浦を初めて訪れたのは二十年以上も前だ。講演で福山市の学校に招かれ、そのついでに案内してもらった。瀬戸内海のほぼ中央にある。満潮時には潮が東西から鞆の浦に向かい、干潮時には逆に東西に引く。その流れに乗って往来する船が潮待ちをした港として古くから栄えた。万葉集にも歌われ、江戸時代には朝鮮通信使の寄港地だった。

港には船の誘導のために使われた高さ約五・五メートルの石塔「常夜燈《じょうやとう》」が残る。青い海に目をやれば、沖合に明治天皇が好んで訪れた風光明媚《めいび》な仙酔島《せんすいじま》が浮かぶ。木造の家屋が並ぶ細い通りを歩くと、江戸時代に迷い込んだかのようだ。

そのときから鞆の浦は私が最も好きな場所の一つになった。だが、誰にも言わず、秘密にしていた。人気になって観光客が集まると、コンビニやチェーンの飲食店が並ぶようになり、鞆の浦の魅力が薄れてしまうことを恐れたのである。

ところが、鞆の浦は観光地化よりも先に、港の両岸を埋め立てて橋を渡す公共事業が問題となった。反対運動もあって計画は止まっているが、私も事業には賛同できない。福山市在住の友人で翻訳家のナンシー・ロスは「せっかく残っている街並みを、なぜ保全しないのか」と首をひねっていた。私も同感である。古い日本の美しさをもっと大切にしてほしいと思う。

三年前の訪問時に立ち寄った店が今回は店じまいしていた。経済的な事情があることは分かる。だが、公共事業によって、一時的にはともかく何か大きな変化が訪れる時代ではない。

鞆の浦には豊かな文化がある。例えば、もともとは京都市の伏見城にあり、桃山時代には豊臣秀吉が観劇したとされる能舞台は、鞆の浦の沼名前《ぬなくま》神社に移設され、国の重要文化財になっている。その能舞台で横笛の「能管《のうかん》」の演奏を披露したこともあるナンシーは「壊して新しくするのではなく、今ある文化財を街づくりに生かすという発想が乏しい」と話していた。

地方ばかりの問題ではない。東京でも二〇二〇年の五輪に向けた新国立競技場の建設が問題になっている。成熟した首都東京に「大きくて斬新な新競技場」はふさわしいのだろうか。

日本はとても豊かになった。夜中に街がこれだけ明るく、にぎやかな国は他にない。原発事故後、電力不足で節電意識は高まったはずだが、もうそれもなかったかのようだ。五輪に向けての再開発で、東日本大震災の被災地再建が遅れやしないかと気掛かりだ。

昨年決まった富士山の世界文化遺産登録にはさまざまな前提条件が付いた。どれもこれもが富士山の保全策を取ることである。日本で保全が必要なのは富士山だけではない。誰かに言われる前に、私たちはそれに気付き、行動する知恵を持っているはずだ。

健康に無頓着でも

二〇一四年九月七日

月に一、二度、講演会に呼ばれて、話すことがある。会場で質問されるのは、親しかった三島由紀夫や川端康成など大抵は日本の大家についてだが、次に多いのが「何でそんなに元気なのですか？」。実は三年前に退職した米コロンビア大学の最終講義でも学生から同じ質問を受け苦笑した。

のっけから落胆させてしまいそうだが、秘訣《ひけつ》など何もない。祖母の一人は百歳まで元気だったので、遺伝的に恵まれているのかもしれない。だが、私は健康に無頓着で自分の血圧すら知らない。健康診断で数値を言われても、それが喜ぶべきか、悲しむべきか分からない。運動は心掛けていない。食事も栄養のバランスは考えずに、食べたい物を食べている。

そこで皮肉屋の私は質問にこう答えている。「『健康にいい』という話には耳を傾けず、何も気にしないことです」

今月は「敬老の日」がある。今年で私は九十二歳になったが、年齢を意識することはほとんどない。いや、正確には五十五歳になってから考えなくなった。それは子どものころ、父がどういうわけか悲観的で「人間は五十五歳になる前に死ぬべきだ。何の役にも立たなくなる」と私に諭したからだ。当時の私には、遠い未来の話で「そんなものなのか」と受け入れていた。

だが、実際には年齢の線引きに意味はない。私が最も影響を受けたのはコロンビア大学で薫陶を受けた角田柳作先生だ。学生として初めてお会いしたときに既に六十代。教えることに情熱的で八十七歳で亡くなる直前まで教壇に立ち続けた。

作家の野上弥生子とは、彼女が九十代のときに二度、対談した。創作意欲は衰えず、彼女は九十九歳で亡くなるまで書き続けた。

日本人ばかりではない。私がクラシック音楽にのめり込むきっかけとなったNBC交響楽団の指揮者だったアルトゥーロ・トスカニーニはジュゼッペ・ヴェルディのオペラを七十代で見事に披露した。そのヴェルディは八十歳を前にオペラ「ファルスタッフ」を作曲し、大成功した。私の父も八十代まで生き、晩年が最も幸せそうだったのだから「何をか言わんや」である。

私も年は取った。健康に留意していた友だちが不思議と早く亡くなり、同年代は数えるほど。三年半前には私も痛風が元で高熱が続き、初めて三週間ほど入院した。周りは「寝たきりになるのでは」と心配したそうだ。その病気が元で足の幅が広くなり、特注の靴しか履けなくなった。正座もできなくなった。

酒も弱くなった。文学者には酒が付きもので、昔は吉田健一や草野心平らともよく飲んだ。だが、今では夕食時にワインを一杯たしなむだけである。

よく聞くアメリカンドリームに「成功して引退後は南の島でのんびり」というのがあるが、私は考えたこともない。夏の間、私は軽井沢の別荘にいる。別荘といっても庵《いおり》といった方がふさわしい古くて小さな木造平屋建てだ。自慢は風が響き、雨音を肌で感じられる静けさだけ。そこにこもって石川啄木の研究に専念している。本を片手に論文を書き続ける。それが私の生きている証しである。

新聞で「今」を知る

二〇一四年十月五日

もう六十一年も前になる。京都大学大学院で留学生活を始めた下宿先で「新聞は何を取りますか」と聞かれた。私は「松尾芭蕉の研究に専念したい。新聞を読む時間がもったいない」と断った。奨学金でようやく実現した日本留学。私は古典の世界に浸るつもりでいたのだ。

直前まで日本語を教えていたケンブリッジ大学では「古典こそが学問」といった雰囲気があり『古今和歌集』を教材にした。学生は十世紀の日本語を使い「まじめな男」のことを「ひたすらなをのこ」と表現した。『源氏物語』を初めて英訳した、私の尊敬する翻訳家アーサー・ウエーリは平安時代の日本にしか関心がなく、来日招聘《しょうへい》に応じなかった。その影響もあった。

そんなとき、思わぬ難題が降りかかった。下宿先の別棟に米国帰りの京大助教授が入ってきた。私は英会話の相手をさせられやしないか――と恐れた。そこで接触を避け、彼とは目も合わせないようにした。

ところが、下宿先の都合で彼と夕食を共にすることになった。渋々だったのだが、これが私の人生を変える出会いとなった。助教授は後に文部大臣になった永井道雄。教養ある彼は知識をひけらかすでもなく、留学の自慢話もせず、知的な話題を振ってきた。「日本の将来」といった話が好きで実に刺激的だった。永井は一つ年下だったが、いわば私の人生の指南役となり、それからは彼との夕食が日課となった。

永井との対話を通じて、いくら専門が古典とはいえ、現世を無視することは誤りだと気付いた。目の前には生きている日本がある。「今」に関心が湧き、新聞を読み始めた。それは研究で偏りがちな知識のバランスを取ることにもなった。

今となっては、朝起きて新聞に目を通すことは生活習慣の一つ。インターネットも活用するが、私は紙に印刷された新聞でないとどうにも落ち着かない。

もちろん、新聞に不満もある。地域ニュースはいいが、国際報道、特に米国報道では表層的な一報に終わりがちで、仕方なく続報はネットに頼っている。また国際報道に限らず、話題が移ろいがちなことも気掛かりだ。今、私が最も知りたいのは東日本大震災と原発事故のその後。それが分かる新聞が一番である。今月中旬、新潟で開かれる年一回の新聞大会に招かれている。私の思いを伝えたいと思っている。

◇

話は変わるが先月、友人の女優、山口淑子《よしこ》が亡くなった。三年前に共通の知人から「キーン先生によろしく」という伝言と共に自伝本を渡されたのが最後の交流だった。最初の出会いは、私の友人の彫刻家イサム・ノグチとの結婚後。ワシントンでの集まりで、山口は大人気だった。再婚相手の外交官、大鷹弘もニューヨークの知己だ。戦前は李香蘭《りこうらん》の芸名で活躍した山口は戦後、「親日の中国人」として裁判にかけられた。そんな経歴から「外交上、ふさわしくない」と思われたようで、大鷹はビルマ（現ミャンマー）へ異動になったそうだ。

ところが、山口が追いかけていき、結婚したと聞いた。私は李香蘭主演の映画「支那の夜」の音楽をハワイで日本人捕虜に聞かせたことがある。その話をしたが、山口は何も答えなかった。二つの祖国に複雑な思いがあったのだろう。私と同時代を生きた大女優のご冥福を祈るばかりである。

私の教え子・タハラ

二〇一四年十一月二日

米コロンビア大学時代の教え子が先月、ホノルルから私を訪ねてきた。元ハワイ大学准教授のミルドレッド・タハラ（七十三歳）だ。彼女は十世紀の歌物語『大和物語』の研究で一九七〇年に博士号を取得した。同時期に『源氏物語』を英訳したロイヤル・タイラーもいて、優秀な世代の一人だった。

タハラはハワイ大学で研究活動した作家、有吉佐和子と親しかった。京都や名古屋へ一緒に旅行したという。有吉は没後三十年の今年、再評価されていると聞くが、代表作の『紀ノ川』『恍惚《こうこつ》の人』を英訳して海外に紹介したのはタハラだ。

名字で分かるように彼女は日系三世。米国で日系人は多かれ少なかれ太平洋戦争の影響を受けた。タハラも例外ではない。祖父はハワイの日本人学校の校長として日本から派遣された。祖父は私のコロンビア大学の恩師、角田柳作先生と旧知の仲だった。

タハラが生後七か月の四一年十二月、日本軍が真珠湾を攻撃した。祖父はスパイ容疑をかけられて、原爆が開発されたニューメキシコ州ロスアラモスの研究所から約三十キロの強制収容所に入れられた。

タハラの日本名「満治子《まちこ》」は祖父の命名だった。「満州を治める子」には戦時臭も漂うが、写真でしか知らない祖父との唯一の接点としてタハラは大切にしている。祖父は原爆が広島と長崎に投下され、終戦を告げる玉音放送があった直後の四五年八月下旬、収容所で六十代で病死した。

戦前、ハワイでタハラの両親は共に日本人学校の教員だった。ところが開戦で学校は閉鎖。強制収容所となり、タハラ一家もそこに入れられたという。当時、米国への忠誠心を示して志願兵となった日系人は少なくなかった。タハラの父も志願してミネアポリスで訓練を受けたそうだ。「日本兵が降伏するよう日本語で説得する作戦に従事した」というから、情報活動が主任務の陸軍情報部（ＭＩＳ）だろう。軍事機密として戦後長い間、存在すら隠されていた部隊だ。

タハラの父は四五年四月、沖縄上陸作戦に参加した。海軍通訳士官だった私も参加していたから、どこかで顔を合わせたかもしれない。その後、彼は朝鮮戦争に出兵して五一年に戦場で四十歳で病死した。そのとき、十歳だったタハラは父について「学業については何も言われなかったが、周囲への気配りや礼儀については厳しい人だった」と言う。日本的な父だったのだろう。

祖父と父を戦禍で失ったタハラ一家は、母が小学校教師となって四人の子どもを育てた。奨学金を頼りに高等教育を受けたタハラは、私と同様に徹底した平和主義者だ。不戦を誓う「憲法九条」を「世界の宝」と思っている。彼女が二十九年ぶりに訪日したその日にノーベル平和賞が発表された。候補だった九条は選ばれなかったが、また機会はあるだろう。

タハラは滞在中、私と一緒に新潟県柏崎市の「ドナルド・キーン・センター柏崎」の開館一周年記念行事に参加し、新潟市で開かれた新聞大会にも同行した。十月二十日には傘寿《さんじゅ》をお迎えになった皇后陛下に私は招かれ、彼女も付き添いで皇居に出かけた。皇后陛下は私の文章を読んでいるとおっしゃっていた。私とタハラの平和への思いも、お届けしたい。

真珠湾攻撃の日

二〇一四年十二月七日

毎年、師走を迎えると思い出すことがある。旧日本軍によるハワイの真珠湾奇襲攻撃だ。七十三年前の今月七日は、今年と同様に日曜日だった。当時、ニューヨークのコロンビア大学の学生だった私は友人の日系米国人、タダシ・イノマタとマンハッタンの南にあるスタテン島にハイキングに出かけていた。陽光がほのかに暖かく、風もない穏やかな一日だった。

夕方、フェリーでマンハッタンに戻ると、夕刊紙「インクワイアラー」に「日本、真珠湾を攻撃」と大見出しが躍っていた。ゴシップ紙として知られていた同紙なので「また変な記事を」と一笑に付し、ブルックリンの自宅へ帰った。

ところがラジオをつけると、どうも様子が違う。今回ばかりは事実だった。欧州ではナチス・ドイツが台頭してフランスを前年に占領し、英国への空爆を始めていた。アジアでは一九三七年に日中戦争が始まり、日米関係は悪化していた。四〇年に日独伊三国同盟が結成され、日米開戦があってもおかしくはなかった。

気になったのは、フェリーの桟橋で別れたイノマタのことだった。反日感情から暴漢にでも襲われやしないか、心細い思いをしているのではないか――。イノマタのアパートがあるグリニッチビレッジに向かった。だが、アパートにも、行きつけの食堂にもいない。歩き回れど見つからず、トボトボと帰途に就いた。

その年の夏、私は私的なグループレッスンで初めて日本語を勉強した。そのときの先生役がイノマタだった。後になって、彼は終夜営業の映画館に翌朝まで隠れていたことが分かった。

翌日、大学に行くと、学生たちはあちらこちらで輪を作り「真珠湾で何隻、沈められたのか」「米国はどう反撃に出るか」とボソボソ話し合っていた。

私は角田柳作先生の「日本思想史」の教室に向かった。角田先生は日本人らしい日本人だった。その年の九月、講義の受講希望者が私だけだったのに「一人いれば十分」と開講してくれた。少し薄暗い教室は、時が止まったかのように静かだった。待てど暮らせど、角田先生は来なかった。前日のイノマタに続き、角田先生も……。私は不安に駆られた。

実は散歩好きだった角田先生は「犬も連れずに長時間、歩いているのはおかしい」と通報されて身柄を拘束され、敵性外国人として取り調べを受けていた。

当時、米国で有名な日本人といえば、エール大学の歴史学者、朝河貫一教授だった。朝河は日米開戦直前にルーズベルト大統領が昭和天皇宛てに送った開戦回避を訴える親書の草案作成者だ。朝河は拘束されていた角田先生に「疑いは晴れる」「何かできることはないか」と手紙を書いてくれた。

角田先生と旧日本軍に関係があるはずはない。角田先生は翌四二年三月に釈放された。角田先生は拘束について何一つ愚痴をこぼさなかった。そして何ごともなかったかのように講義を再開した。

話を奇襲攻撃翌日の八日に戻そう。大学の近くで昼食を取っていると、ラジオから開戦を告げるルーズベルト大統領の演説が流れてきた。英訳の『源氏物語』を読んで日本文学にひかれた私は、角田先生との出会いで日本への関心が高まり、日本について学ぶことを意識し始めたころだった。皮肉にもその年に太平洋戦争は始まった。

日本人の意識

二〇一五年一月十一日

日本人になって三度目の新年を迎えた。元日には古くからの友人に招待されておせちを楽しんだ。門松としめ縄で、おめでたい気分になり、日本の良さを再認識したところである。そんな私には最近、気掛かりなことがある。そこかしこで耳にする「日本はもうだめなのでは……」といった悲観論だ。新年、まずはそれについて考えたい。

今年で第二次世界大戦の終戦から七十年。戦後、奇跡的に復興した日本だが、このところ少子高齢化、格差拡大といった問題が深刻化している。悲観の度合いは中国などの経済的台頭に伴って高まっているようだ。確かに問題はあり、対応が必要だろう。だが、日本は依然、豊かな国の一つであり、社会は安定し、教育や科学技術の水準も高い。世界における日本の存在感は何も変わっていない。

戦前を思い起こせば、ニューヨークにあった日本料理店は一軒だけ。米国で「外国」といえば欧州のことで、日本について正しい知識を持った米国人はまれだった。私も十八歳で英訳版『源氏物語』を読むまでは、日本に文学があることすら知らなかった。

そこで戦時中、米国は日本について猛烈に知ろうとした。その一例が海軍日本語学校。私も含め、約一千人がそこで学んだ。戦後も日本と関わった卒業生は限られてはいるが、それでも日本には大きな遺産となった。川端康成のノーベル賞受賞はエドワード・サイデンステッカーの英訳と無縁ではない。同志社大学教授だったオーティス・ケーリは日米の懸け橋となった。二人とも卒業生だ。

私が一九五六年に日本の代表的な作品を英訳して出版した『日本文学選集』は世界中の大学で教科書として使われ、半世紀以上たった今も版を重ねている。

日本文学の英語以外の言語への翻訳も増えた。数年前、私が訪問した大西洋に浮かぶポルトガル領のマデイラ島にさえ、現地語訳の『源氏物語』があった。今や村上春樹は欧米でもベストセラー。日本文学は世界に認められている。

私は冗談半分で「米国の食文化は日独伊という戦時中の枢軸国に占領された」と話すことがある。どこへ行ってもすし屋、ハンバーガー店、ピザ店がある。日本文学もしかりで、海外で日本文学専攻の学生は増えている。世界大戦で日本は敗れたが、戦後、日本文化は勝利を収めたのだ。

むしろ問題は日本人の意識である。日本文学を学べる大学は減り、専攻する学生も減っている。日本文学に限らず自国への誇りが薄れ、私には自虐的になっているように映る。排外主義を訴えるヘイトスピーチも日本人としての自信喪失と表裏一体の問題ではないだろうか。排外主義の行き着く先は第二の鎖国。戦前回帰といってもいい。

最近、「海外や外国語へ無関心な大学生が増えている」と聞いて驚いた。国際社会では主要国として認識されている日本なのに、内向きな若者が増えているのだろうか。

今春、出版される高校生向けの教科書「ユニコーン」（文英堂）に私は「Why Study Foreign Languages?（なぜ外国語を学ぶのか？）」と題した随筆を書いた。外国語を学び海外を知ることは日本を知ることでもある。「井の中の蛙《かわず》」は国際社会にとって危険ですらある。

正岡子規と野球

二〇一五年二月八日

俳人・正岡子規（一八六七〜一九〇二年）の母校、松山東高（愛媛）が八十二年ぶりに今春の選抜高校野球へ出場を決めた。子規は東京で学生だった一八八〇年代に日本野球の草創期を支えた一人だ。松山に野球を伝え、母校の野球部創設にも貢献した。文武両道で知られる松山東の甲子園出場に、天国で喜びの声を上げているはずだ。

何を隠そう、私も少年時代には熱心な野球ファンだった。生まれ育ったニューヨーク市ブルックリンは当時、ドジャースの本拠地で試合をよく見に行った。往年の名選手ルー・ゲーリッグを見たこともある。だが、やる方はからっきし。誰もチームに入れてくれないので、母親が賄賂を使って試合に出させようとしたこともあった。

九歳で父親と初めて欧州旅行に出かけたときだ。大西洋を渡る船上で子ども同士が集まると、どうしても野球の話になる。私は下手なために決まったポジションなどないことを言い出せず「捕手だ」とうそをついた。船上で「腕前を見せてくれ」と言われやしないかとヒヤヒヤ。ほろ苦い思い出だ。

子規も体格に恵まれず、病弱で少年期にはスポーツに関心がなかった。ところが東京に出てから、なぜか野球に熱中した。ポジションは捕手。ただ、上手ではなかったようだ。日本の野球殿堂に入ったが、それは文学を通じての野球への貢献が評価された。「打者」「走者」など用語の多くは子規の訳語だ。ベースボールを「野球」と訳したのは子規ではないが、自分の幼名「升《のぼる》」にちなんで「野球《の・ボール》」という雅号も持っていた。

野球選手としては大成しなかった子規だが、俳句の殿堂があれば、革命を起こした「選手」として最初に入るべき一人だ。彼以前の俳句や短歌は桜や紅葉といった定型的な自然の美ばかりを表現した。だが、形式にとらわれすぎ、いつも似たような作品ばかりで廃れかかっていた。そこに、新風を吹き込んだ。野球をも俳句の題材にしたのだ。

春風やまりを投げたき草の原

「キャッチボールをやろう」と高校球児の声が聞こえてきそうだ。こうした日常の描写こそが子規の真骨頂なのである。

有名な「柿くへば鐘が鳴るなり法隆寺」には、珍しくも、美しいわけでもない柿が登場し、それまでは俳句に使わなかった「食べる」という行為も入っている。しかも、本当は法隆寺ではなく東大寺でこの句を詠んだ。だが、東大寺では句の効果が半減する。法隆寺とした方が聞き心地がよく、音にこだわったのだ。

誰もお参りしない、廃れた墓を新体詩に詠んだこともあった。見た目の美醜にこだわらず、詩歌を通じて自分の体験を語った。

今や百万人を超える日本人が俳句や短歌を楽しんでいる。日本だけではない。米国の多くの学校でも俳句は教えられている。ソネットといった西洋の形式で詩を作れなくても、俳句で詩的な表現を磨くことは奨励されている。国内外でこれだけの普及は子規の存在抜きに考えられない。

先日、私が以前、詠んだ句が見つかった。甲子園で高校野球を見ながらの一句。恥ずかしながら紹介しよう。「白たまの消ゆる方に芳夢蘭《ホームラン》」。この気軽さもまた子規のおかげである。

高見順が記した大空襲

二〇一五年三月八日

また三月が来た。二万人近い死者・行方不明者を出した東日本大震災から四年。被災地から離れていると忘れがちだが、震災前の生活を取り戻せていない被災者は少なくない。原発事故はいまだに現在進行形で、郷里に戻ることすらできない人々も大勢いる。

震災発生の日、まだ米国人だった私はニューヨークの自宅でテレビにくぎ付けだった。真っ黒い津波が街を襲い、家屋をなぎ倒す。津波が引くと街は跡形もないがれきの山。私は太平洋戦争の終戦直後に訪問した東京を思い出した。

米海軍の通訳士官だった私は、派遣先の上海から空路で東京郊外の厚木基地に到着した。軍用車で都心に向かうと、一面の焼け野原。何もない大平原に立っているかのようで、地平線が見えた。多くの犠牲者が出たことを想像し、暗たんたる気持ちになった。

当時の東京を日記に残した人気作家がいた。高見順である。終戦の前年から東京は断続的に空襲を受けた。そして小笠原諸島南端の硫黄島で日米が激戦中だった七十年前の今月十日、歴史に残る大空襲はあった。

鎌倉で暮らしていた高見は大空襲を知らなかった。その翌々日に浅草を訪ねてぼうぜんとした。「浅草は一朝にして消え失《う》せた」「(浅草寺の)本堂の焼失と共に随分沢山《たくさん》焼け死んだという。その死体らしいのが、裏手にごろごろと積み上げてあった」と記した。そして、子どもと思われる小さな遺体を見て「胸が苦しくなった」。

一方、鎌倉では「米軍の上陸が近い」とのうわさが広まっていた。ある日、高見は母親を疎開させようと上野駅に向かった。すると駅には列車を待つ被災者の長い列。家を焼かれ、家族を失い、打ちひしがれていたはずなのに、静かに辛抱強く待っていた。その様子に高見は心を打たれた。「私の眼に、いつか涙が湧いていた」「私はこうした人々と共に生き、共に死にたいと思った」。

彼が愛した、そんな日本人は今も生き続けている。四年前の震災直後、被災地では暴動が起こるでもなく秩序は保たれ、避難所では少ない食料を分け合い、子どもが高齢者の手を取って支え合った。その光景に世界は涙した。私も高見と同じ心境だった。「日本人と一緒に生きたい」と。

高見が戦時中に身辺雑記を事細かに書き留めた日記は、もはや文学である。戦後、私は高見と知り合い、よく著書を送ってもらった。一九六五年に食道がんで五十八歳で早世した彼を最後に見たのは地下鉄の車内だった。白いスーツを着た好男子の高見は六、七人の若い女性と一緒だった。

三三年に共産主義者との嫌疑で摘発された高見は、拷問を受けて転向を宣言した。その体験もあって「表現の自由」には思い入れがあった。空襲被害を報じなかった新聞に「いいようのない憤りを覚えた。何のための新聞か」。戦後、言論統制が解かれ「(占領軍によって)自由が束縛されたというのなら分かるが、逆に自由を保障された」と書き残している。

時は流れて現代。大震災の被災地と空襲後の東京が重なって見えた私は、高見に共感するところがある。人心は移ろいやすいが、大震災と原発事故の被害が続いている限り、何年でも報じ続けてほしい。

日本兵の日記

二〇一五年四月五日

新潟県柏崎市の「ドナルド・キーン・センター柏崎」で特別企画展が先月始まった。展示されているのは、太平洋戦争中に米軍が押収した日本兵の日記の複製。原本は米国の国立公文書館別館に保管されている。日記のほとんどは、一九四二年から翌年にかけて南太平洋のガダルカナル島で戦死した日本兵のものだ。弾丸が貫通してできたと思われる穴や血痕も残っていた。

展示物を見ながら、私は米海軍の通訳士官として初めて派遣された米ハワイ州真珠湾の基地を思い出した。任務は米軍がガダルカナル島で押収した日本軍の文書の翻訳。最初は機械の説明書や兵士の名簿といった印刷物だった。価値を感じられず、無味乾燥な翻訳が続いた。そんなとき、押収文書の保管場所に誰も手を付けない大きな木箱があることに気が付いた。

上官に聞くと、ガダルカナル島で日本兵の遺体から抜き取った日記が入っているという。木箱から日記を取り出すとかすかな異臭。乾いた血痕の臭いだった。抵抗を感じながらも手書きの日記を読み始めると、死を予感しながら吐露した殴り書きに、戦争とはどんなものなのかが分かり始めた。

米兵は日記を書くことを禁じられていた。日記が敵に渡れば、軍事情報が漏れるかもしれないからだ。逆に、日本兵には、書くことが義務付けられた。日記は上官が検閲して、兵士の愛国心を確認する手段だったという。日本を離れる前の日記には「挙国一致」「鬼畜米英」といった決まり文句が並んだ。ところが、ジャングルの戦地で砲撃され、食糧や水の不足で飢えや渇きに苦しみ、マラリアに倒れると、それどころではなくなった。

ガダルカナル島は日米間で初めて大規模な地上戦が展開された場所だ。上陸した約三万一千人の日本兵のうち約二万人が戦死。補給が断たれた日本軍はまともに戦えず、多くが餓死や病死だった。瀕死《ひんし》の僚友がうめく塹壕《ざんごう》の中で、背中を丸めながら書いただろう最期の苦悩、家族への思い、望郷の念――。私は耐えられないほど胸を打たれた。

「今何をして居る事か　父母よ兄妹よ　永遠に幸あれ」

「昨晩ワ楽シイ故郷ノ夢オ見マスタヨ　皆ンナ元気デ暮ラシテイルトコロデスタヨ」

「腹が空《す》いてなんだかさっぱり分からぬ」

「顔が青くなりやせるばかり」

「妻よ子供よいつ迄《まで》も父帰る日を待って居てくれ」

私は日記に夢中になり、漢和辞典と和英辞典を何度も引きながら翻訳した。最後のページに「戦争が終わったら家族に届けてほしい」と英語で書かれた日記もあった。その願いをかなえようと日記を隠しておいたが、見つかって没収されたこともあった。

米軍が押収した文書は戦後、ほとんどが焼却処分され、国立公文書館に保管されているのはごく一部という。今回、展示されている日記は私が読んだものかどうか記憶は定かではない。だが、当時を思い起こさせるには十分だった。

あの日記を読まなければ、私は日本の日記文学に深い関心を持たなかったかもしれない。日記を書いた日本兵には会えるはずもなかったが、私に心を開いて語ってくれた初めての日本人であり、かけがえのない親友だったのである。

ニューヨークでの三島

二〇一五年五月六日

先月中旬、私はほぼ一年ぶりにニューヨークを訪れた。まだ少し肌寒かったが、人いきれがするこの大都市の魅力は、やはり数々の優れた舞台芸術である。私は旧友に会い、母校コロンビア大学で講演をする合間に、オペラや演奏会を楽しんだ。私と親しかった作家、三島由紀夫もニューヨークの舞台芸術が好きだった。思い起こせば、もう半世紀以上も前になる。彼は自作の近代能をブロードウェーで上演しようと、私を訪ねてきたことがあった。

私は京都大学大学院に留学していた一九五四年、三島と知り合った。友人の計らいで、一緒に東京で歌舞伎を見たのだ。私たちは観劇という共通の趣味もあり、すぐに意気投合した。今年で生誕九十年の三島は小説はもちろん、近代能も素晴らしかった。私は彼の「班女《はんじょ》」や「卒塔婆《そとば》小町」など五作を英訳して、五七年に出版した。それがニューヨークで評判となり、三島は上演を望んだのだ。

出版社が招待した三島の訪米を地元紙が報じ、何人もが「私に近代能をプロデュースさせてくれないか」と申し出た。三島はその全員と会い、若くて有能な二人を選んだ。三作が演目となり、演出家が決まり、俳優のオーディションも行われた。難航したのは資金集めだった。プロデューサーは「三作の雰囲気が似ていることが問題ではないか」と考え、近代狂言を間にはさむことを提案した。私は難しい注文だと思ったが、三島はいとも簡単に「附子《ぶす》」を下敷きに近代狂言を書き上げた。

それでも、スポンサーは見つからず、プロデューサーは「三作の近代能を一つの芝居に書き換えてくれないか」と言い出した。私は「無理だ」と思った。三作とも登場人物は異なるし、ストーリーがかみ合わないからだ。ところが、三島は何食わぬ顔でやり遂げた。私は、難しいことをたやすくこなせる人が天才だと思っている。私の周りで当てはまるのは、日本に来たこともないのに『源氏物語』を名文に英訳したアーサー・ウエーリと三島ぐらいだ。

三島作品は現在でも世界各地で上演されていて、そのレベルの高さには定評がある。だが、ニューヨークではタイミングの問題からか、スポンサーが見つからなかった。私は力になれず、落胆した。

三島は半年ほどの滞在中にオペラやミュージカル、バレエ、演劇などに足しげく通った。私は時間があるときにはガイド役を買って出て、意外な場所にも案内した。アムステルダム大通りの百二十丁目にあったコロンビア大学の書籍部だ。三島が「ラテン語で地名表記された月の地図が欲しい。どこかで買えないか」と言い出したので、そこに連れて行ったのだ。

その地図には「Mare Foecunditatis」と記載された海があった。日本語訳は「豊饒《ほうじょう》の海」。それは三島の遺作の題名でもある。七〇年に三島が自決する直前だった。私はその題名が気になり、手紙で意味を尋ねたことがある。返信には「月のカラカラな嘘《うそ》の海を暗示した」とあり「日本の文壇に絶望」とも書かれていた。豊かな才能に恵まれながら「何もない。カラカラだ」と虚無感にさいなまれた天才、三島。既に自決を決めていたのだろう。私は、その文面に背筋が凍りついた。

すてきな女友達ジェーン

二〇一五年六月七日

今月で私は九十三歳。長寿の部類ではあるが、医学の進歩もあって最近は、そう珍しくもないだろう。日本では少子高齢化が問題視され、高齢者の増加がまるで社会悪かのようにいわれている。だが、誰もが年を取るし、年齢と能力は別である。米国では履歴書に年齢を書く欄はないし、年齢を理由に求職者を受け入れなければ法的問題となる。建前かもしれないが、私はその考え方に賛成である。

先々月から先月にかけて、私は米国とイタリアなどに講演旅行に出かけた。多くの友人とも旧交を温めたが、彼らは世間的には高齢者ばかりだ。だが、皆が皆、年齢を感じさせず、私はエネルギーをもらったように感じる。なかでも九十八歳のすてきなインテリ女性、ジェーン・ガンサーとの知的会話は掛け値なしに貴重な時間だった。

ニューヨークの高級住宅街アッパーイーストにジェーンの部屋はある。定期的に家事ヘルパーは来るが、基本的には気ままな一人暮らし。先立たれた夫は「内幕もの」のルポで知られ、日本でもベストセラーとなった『死よ驕《おご》るなかれ』を書いたジャーナリストのジョン・ガンサーだ。彼がソ連の首相だったフルシチョフを取材したときにジェーンも同行して「米国では誰もがこんな美人を嫁にするのか」と言わせた逸話の主である。

私がニューヨークのコロンビア大学で教えるようになった一九五五年からの付き合いだ。彼女が開くホームパーティーに呼ばれるようになり、多士済々と顔を合わせた。ケネディ大統領の妻ジャクリーンにも会った。二十世紀を代表するピアニストのアルトゥール・ルビンシュタインやキューバ危機のときに米国の国連大使だったアドレー・スティーブンソンにも。ジェーンに頼まれ、パーティー常連だった初期ハリウッドの美人女優グレタ・ガルボを芝居にエスコートしたこともある。

仏教学者の鈴木大拙や映画監督の黒沢明の影響で、五〇年代から六〇年代にかけて、ニューヨークではちょっとした日本ブームだった。日本文学研究者の私も名士たちの関心の対象となった。そんな時代から半世紀以上もジェーンとの関係は続いている。

彼女が素晴らしいのは、おしゃれで社交的。その上、知的好奇心が旺盛で今でも毎日、新聞を隅から隅まで読み、どんな話題にも自分の意見を持って、サラリと主張できることだ。今回もニューヨーク滞在中に二度、ジェーン宅で時を忘れて会話を楽しんだ。日本の集団的自衛権の行使容認、原発事故の避難者がまだ帰宅できないのに東京五輪の準備を進める矛盾といった話題にも一言はさみ、来年の米大統領選挙に話が及ぶと「気が進まないけど、クリントンに投票するしかないわね」。

地元紙に戦後特集で載った元特攻隊員のインタビュー記事を私のためにスクラップしていて「この記事はいいわよ。読んでごらんなさい」と勧めてくれた。

ジェーン宅で会ったジャクリーンの娘キャロラインは駐日米国大使になった。先日、大使公邸に招待され、大使の夫のシュロスバーグに会ったが、彼はコロンビア大学で私の授業を受けていたそうだ。何とも奇遇な人の輪。今度は、その話をジェーンにしよう。長生きはするものである。

文豪谷崎との交友

二〇一五年七月十二日

文豪、谷崎潤一郎が友人の作家、佐藤春夫に書いた手紙が見つかったという記事を読んだ。今月で「大谷崎」が亡くなってちょうど五十年。谷崎と私は親子ほども年が離れ、友人と呼ぶにはふさわしくないが、親しい間柄だった。何度も自宅に招かれ、夫人の松子も私を大切な客としてもてなしてくれた。

古典が専門の私が京都に留学した一九五三年、ただ一人知っていた存命の日本人作家が谷崎だった。欧米で日本の本が入手困難な時代、谷崎が『源氏物語』の英訳者アーサー・ウエーリに自著『細雪』を送り、それを私は読んでいた。留学先を京都とした理由の一つは谷崎が住んでいたことだった。

留学二年目の初秋、思わぬ幸運に恵まれた。友人のエドワード・サイデンステッカーが谷崎の『蓼《たで》喰う虫』を英訳していた。東京在住の彼を訪ねたときに、その英訳を谷崎に届けるよう頼まれたのだ。喜び勇んで下鴨神社に近い自宅に出かけた。

谷崎邸は立派な和風建築だった。応接間には「コン……、コン」と庭の鹿威《ししおど》しから風流な竹の音。私は硬くなっていたが、和服の谷崎は意外にも気さくに会話に応じてくれた。話題は『細雪』に及び、思い切って私小説なのかと聞いてみた。上品で身のこなしが優雅な松子と『細雪』に登場する四人姉妹の次女、幸子が何かと重なって見えたからである。すると「本当に近い話だよ」と笑うではないか。

初期の作品には西洋崇拝が目立った谷崎は、すっかり日本回帰していた。日本の伝統美を論じた随筆『陰翳礼讃《いんえいらいさん》』には、お手洗いが青葉やコケの匂う場所として描かれていて、私は見てみたかった。だが、期待は見事に裏切られた。ピカピカの白いタイル張りだったのである。

五五年に留学を終えて私は帰国することになった。谷崎は自宅で送別会を開いてくれ、松子が舞を披露してくれた。谷崎は私に好感を持っていたそうだ。私の著書『碧《あお》い眼の太郎冠者』に谷崎が寄せた序文には、私の体が日本人と比べても大きくないことが「親しみを感じさせる」「少しも辺幅《へんぷく》を飾ろうとしないので、それが一層、親近感や安心感を抱かせる」とあった。米国の学生時代、体が小さくて子どもっぽく見えることが私の悩みだったが、日本では役に立ったのである。

思い返すと、随分と失礼なこともした。後にわび状を書いたが、『源氏物語』の谷崎の現代語訳とウエーリの英訳を比べて「ウエーリの方が優れている」と書いた論評が、手違いもあってそのまま文芸誌に載ってしまったのだ。谷崎の訃報を聞いたときには、弔電の宛名を松子とすべきところを『細雪』の次女の名、幸子としてしまった。

谷崎の生前、私はノーベル文学賞の委員会から数回、谷崎について問い合わせを受け、「日本の最も優れた作家」と返答した。亡くなる前年の六四年には外国通信社が「谷崎氏、受賞」と誤報したこともあった。有力候補だったのだろう。ただ、本人にあまり執着はなかったようだ。シェークスピアやヴェルディといった天才がそうしたように、谷崎は晩年の代表作『瘋癲《ふうてん》老人日記』に実体験を喜劇として描いた偉大な作家。私の粗相などは気にも留めていないはずだ。

軍部の暴走と黙殺の果て

二〇一五年八月九日

　七十年前の今月、太平洋戦争が終わった。戦時中、米海軍通訳士官だった私は、多くの日本人捕虜と接してきた。その数は何百人になるだろうか。全員がそうだったわけではないが、多くは捕虜になったことを恥じていた。「どうせなら死んだ方がよかった。殺してくれ」「日本には帰れない。家族に合わせる顔がない」と頭を抱えた。

「日本兵が捕虜になったことはない。神武天皇の時代からの伝統だ。捕虜となるなら玉砕せよ」と、日本兵はたたき込まれていた。いわば洗脳である。一九四三年五月、日本軍最初の玉砕の地となったアリューシャン列島のアッツ島の戦いに私は参加した。

　日本兵は勝ち目がなくなると、最後の手りゅう弾を敵に投げるのではなく、自分の胸にたたきつけて自決した。そんな遺体が散らばっていた。全滅ではなく玉砕。

他の国ではあり得ない光景だった。

民間人も「女は辱めを受け、男は戦車にひき殺される。捕虜になるなら自決しろ」と言われていた。サイパン島では若い母親が幼子を抱えて次々と崖から飛び降りた。その悲劇を米誌が報じると、日本の新聞はそれを「日本婦人の誇り」と美化して伝えた。

日本兵は本当に捕虜になったことはないのかと、私は疑問に思い、戦時中に調べてみた。すると、日露戦争では多くの日本兵が捕虜になった記録が残っていた。捕虜の扱いについて定めたジュネーブ条約を盾に、「ウオツカを飲ませろ」と収容所の待遇改善を求めた将校までいた。

それが、太平洋戦争時には一変していた。「勝てない」と言われていた日清、日露両戦争に日本は勝ち、力を持った軍部はおごりと野心からか、国民に「日本は神の国」と信じ込ませたのだ。

太平洋戦争時に書かれた日本人作家の日記を読み返してみると、当時の世相が垣間見える。言論統制の影響も大きかったろうが、真珠湾攻撃の直後には高揚感にあふれる記述が目立っていた。

反戦的で親米派といわれた吉田茂元首相の長男の健一でさえ、「暗雲が晴れて陽光が差し込んだ」と興奮気味だった。伊藤整は「この戦争を戦い抜くことを、日本の知識階級人は、大和民族として絶対に必要と感じている」「民族の優秀性を決定するために戦うのだ」と書いた。

だが、太平洋戦争の結末は言うまでもない。日本が優勢だったのは最初の半年程度。四二年六月のミッドウェー海戦が転機となり、米国の圧倒的な物量に押されて、占領地を次々と失った。

当時、南洋諸島で最大の飛行場があったテニアン島を奪った米軍は、日本各地を空襲した。私は不思議で仕方なかった。イタリア、ドイツが落ち、日本は勝てるはずもないのになぜ降伏しないのか。勇ましい大本営発表は続いた。一方で東京は大空襲で壊滅状態に。沖縄は占領された。広島と長崎に原爆が落とされ、何十万人もの命が奪われた。

戦後、私が知り合った日本人の大多数は「勝てるはずがなかった」と自嘲気味に話した。だが、分かっていたなら、なぜ開戦したのか。旧満州（中国東北部）の建国に続き、日本軍のフランス領インドシナへの進駐で日米関係は決定的に悪化した。

外交交渉には譲歩も必要だが「神の国」は突き進んでしまった。開戦後も、私の友人で日本生まれの米工作員ポール・ブルームは欧州駐在の日本人武官を通じて終戦工作に奔走した。日本側からの反応は常に「敵にだまされるな」。理性的に考えた形跡はなかった。

戦前も戦時中も、戦争への反対意見はあった。高見順や清沢洌《きよし》、渡辺一夫らは、時代に翻弄《ほんろう》されながらも日記に反戦をつづっていた。

太平洋戦争に至る過程では、権力中枢のごく少数が国民をだましたといえる。だまされた国民は兵士となって加害者となり、被害者にもなったのだ。だが、問題の根幹は日本政府、そして体制に迎合した国民による現状の黙殺だっただろう。

軍部の暴走を誰も止められず、終戦に至るまで黙殺は続いた。私はアッツ島や沖縄の上陸作戦に実際に参加し、戦争がいかに悲惨で無意味なものかを身をもって体験した。同じ過ちを繰り返してはならない。

「世界のオザワ」に見習う

二〇一五年九月十三日

世界的な指揮者の小澤征爾と先日、対談した。ボストン交響楽団で長く音楽監督を務めた彼は米国でも人気があり、公演に足を運んだこともある。親しくなったのは、二〇〇八年に小澤と私が同時に文化勲章を受章してからだ。私がオペラ好きと知っていた彼は、授章式でまるで古くからの友人のように親しげに話しかけてきた。それ以来、招待されては「世界のオザワ」の公演を楽しんでいる。

小澤と私には少なからず共通点がある。一回り以上も年齢差はあるが二人とも戦前派。私がニューヨーク出身なら、小澤は旧満州の奉天（現・瀋陽）に生まれて欧米を主舞台に活動してきた。私は文学を、そして小澤には音楽を通じて話し合い、議論できる知己が世界中にいる。

太平洋戦争を知り、海外から日本を俯瞰《ふかん》してきた私たちは、戦後の平和憲法がどう評価され、日本がどう見られているかを肌で分かっている。二人とも徹底した平和主義者なのは、そんな共通体験があるからだろう。対談で小澤は、最近の日本についいて、戦争を知らない政治家ばかりになっていることを懸念して「何か落とし穴が待っているような気がする」と漏らした。私も全く同感だった。

私は大学で教え、後進の指導に力を注いできた。小澤もまた若い世代を大切にしている。毎年八月から九月にかけて長野県松本市で開かれ、彼が総監督を務める「セイジ・オザワ松本フェスティバル」でも、特筆すべきは充実した教育プログラムだ。若手育成のほか、聞き手を育てる子ども向けのオペラもある。将来のファンを増やそうという、素晴らしい試みだ。

私もまた、日本文学のファンを増やそうと努力してきた。最近は研究活動に集中しているので回数は減ったが、講演会に呼ばれては日本文学の魅力を紹介してきた。カルチャースクールで教えたこともある。気になるのは、趣味で日本文学を読む女性は中高年を中心に少なくないのだが、こと大学教育の現場となると、法学や経済学といった実学に押されがちで、文学部にあまり人気がないことだ。

日本文学の素晴らしさは世界が認めている。むしろ、海外での評価の方が高いようだ。以前、大西洋に浮かぶポルトガル領の小島マデイラを訪れた際、露店に『源氏物語』の現地語訳が並んでいて、私が驚いたこともある。日本の大学では日本文学を学ぶ中国などからの留学生が増え、欧米では日本文学の専攻生が増えている。外国人が日本文学に関心を持つことは喜ばしい限りだ。ところが、本家の日本では文学部の縮小が続いている。そのうち外国人が日本人に日本文学を教えることが当たり前になるかもしれない。

私は自分の専門分野の古典で「日本の学校教育は間違っている」と思っている。外国語でも教えるかのように、最初に原文で文法を暗記させるのでは味気ない。まずは文学としての面白さを教えるべきだ。私は『源氏物語』の英訳で日本文学の素晴らしさに気付いた。英訳があるように日本には優れた現代語訳がある。

小澤は、オペラをかみ砕いて子どもにも食べやすくした。それを見習って、古典も敷居の低い現代語訳で始められないものだろうか。

超一流の二流芸術国

二〇一五年十月四日

新潟県柏崎市にある「ドナルド・キーン・センター柏崎」が開設二周年を迎えた。記念講演に呼ばれて出かけると、秋晴れの空を泳ぐ赤トンボが歓迎してくれた。千人以上も入る会場での講演会は満席で、東日本大震災の被害を受けた東北や、私が留学生活を送った関西からも多くの人たちが足を運んでくれた。ありがたい限りである。

私は柏崎とゆかりのある三百年以上も前の古浄瑠璃「越後国柏崎 弘知法印御伝記《こうちほういんごでんき》」の復活上演に関わった。それが縁となって柏崎に同センターは造られ、私が寄贈した書籍など約二千五百点が展示されている。この二年間に、太平洋戦争で戦死した日本兵の「最期の日記展」などの特別企画展も折々に開かれ、情報の発信拠点となっている。

もう四年以上も前だ。「キーンさんのメモリアル・ホールを造りたい」と打診された。英語でメモリアルは故人をしのぶ施設。「死ななければならないのか」と思ったが、それは勘違いで、こんなに素晴らしい施設ができた。生きていてよかったと思う。しかし、何よりうれしいのは日本文学を軸とする文化が柏崎に育ちつつあることだ。

同センターでは日本文学関係の専門家たちの講演会がしばしば催されている。「日米の文化交流の場」と米国大使館の公使も訪問してくれた。日本兵の日記展に込められた反戦への思いに、東京のコーラス団体が賛同して、寄付金を届けてくれたこともある。地元にはボランティア団体ができ、運営を手伝っている。こそばゆいが「キーン先生のちぃず饅頭《まんじゅう》」という菓子も誕生した。

今回の講演会でも、地元の高校生が進行を手伝い、柏崎市内の中学生が約百十人も来てくれた。友人の世界的指揮者、小澤征爾は「本物に触れれば、何かを感じて音楽を志す人が必ず出てくる」と若い世代に積極的に音楽を聴かせている。それに私も共感する。将来、柏崎から素晴らしい人材が輩出されるだろう。

しかし最近、気になっているのが人文社会学系学問への冷淡な風潮である。特に、中国や韓国の経済的な台頭で、東アジアにおける日本の存在感が絶対的でなくなってから、そんな傾向を感じる。拝金主義に拍車がかかり、新自由主義の影響か、効率化や短期的利益ばかりが求められているようだ。だが、忘れてはいないだろうか。日本の経済発展は豊かな文化という土壌に支えられていることを。

太平洋戦争が終結した七十年前、日本は全てが荒廃していた。それから驚異的な復興を果たした背景には、日本人の教育水準の高さと同時に教養の高さもある。私は日本を「超一流の二流芸術国」と評している。もちろん一流芸術もあるが、特筆すべきは誰もが俳句や短歌、生け花や書道といった芸術を気軽に楽しんでいること。これほど教養レベルの高い国は他にない。芸術には批判精神も必要で、健全な社会の証しでもある。

人文社会学系の学問は、そうした文化や教養を育むためには必修。それを抜きに経済発展を追求しても社会は空洞化して、崩壊する。日本の歴史を振り返っても、それは明らかだ。軍国主義時代のように、権力者が多様な価値観を否定すれば社会はゆがむ。

同い年の寂聴さん

二〇一五年十一月八日

先日、京都・嵯峨野の寂庵に作家の瀬戸内寂聴さんを訪ねた。知り合ってから、もう三十年近い付き合いの友人である。昨年五月に背骨の圧迫骨折で入院され、その後、胆のうがんも見つかって、手術を受けられたそうだ。随分と心配したが、お目にかかると元気そのもの。ほぼ二年ぶりの面会に、話は弾んだ。

共に一九二二年生まれで太平洋戦争を経験した九十三歳。寂聴さんの誕生月は五月で六月の私とは一か月しか違わず、日本文学を軸に同じ時代を生きたからか、私たちの意見は何かと一致する。

集団的自衛権の行使を容認する新安全保障法制に反対して国会前の集会にも参加した寂聴さんが「今の政治家は戦争を知らない」と批判すれば、私も「日本と米国が一緒に戦争するのは恐ろしいこと」と同意した。福島原発で大事故があったにもかかわらず、原発が再稼働している現状に、寂聴さんは「日本には火山がある。地震も多くて危険」と反原発を主張すれば、私は「脱原発のドイツを見習うべきだ」とうなずいた。

余談ながら最近、寂聴さんと私が出した本にも共通点がある。偶然にも表紙にそれぞれの似顔絵が大きく描かれ、どことなく似た装丁だ。数か月先に出た寂聴さんの本は販売好調で「パッと見て『面白そう』と思ってくれるみたい。キーンさんのお顔の本も売れますよ」とおだてられ、噴き出してしまった。

話は尽きない。今月一日は「古典の日」、三日は「文化の日」。話題は私たちが愛する日本文学に移っていった。

まずは、私が評伝を書いた歌人の石川啄木。寂聴さんの少女時代に啄木ブームがあったそうで、何度も歌集を読んでは歌を覚えたという。さらには、私の友人で作家の三島由紀夫。寂聴さんがファンレターを書いたところ「三島さんが『いつもは出さないけれど、あなたの手紙は面白いので』と返事をくれた」そうだ。そこで小説を読んでもらうと「『手紙は面白いのに、小説は何てつまらないんだ』と言われた」と秘話を打ち明けられ、またしても大爆笑だ。

話は古典に及んだ。『源氏物語』の英訳を読んで日本文学に傾倒した私は、日本の古典教育は間違っていると思っている。いきなり原文で文法を教えられても味気なく、敬遠されてしまう。『源氏物語』には寂聴さんの現代語訳もある。読みやすい現代語訳で文学として楽しみ、それから原文に当たればいい。

女子短大の学長を務めたことのある寂聴さんも「どうすれば学生が古典に関心を持ってくれるか」と腐心したそうだ。寂聴さんのアイデアは『源氏物語』の漫画本だった。

「まずは、好きになってもらわないと。よくできている漫画本があったので何十冊も買って『読んでみなさい。面白ければ原文も読みなさい』と言ったら、結構、関心を持ってくれた。それと色っぽいところを事細かに説明すると、喜んで聞いてくれてね」。

私もまた井原西鶴の好色物をお薦めの古典にしている。確かに古典は少し難しい。けれども、時代を越えて残るには理由がある。二度、三度と読めば必ずよさが分かる。寂聴さんも私も、多くの人が古典の入り口に立ってくれるよう願っている。

海軍日本語学校の同期生ケーリ

二〇一五年十二月六日

母校の京都大学に講演で呼ばれて、出かけてきた。私が奨学金を得て日本に初めて留学したのが同大大学院だった。一九五三年からの二年間、日本文学を堪能する一方で、寺や神社に足しげく通った。日本食しか食べず、いろりのある下宿の三畳間に布団を敷いて寝た。当時の写真を見ると、私はいつも笑顔。恋い焦がれた日本での生活はまるで夢のようだった。

講演では当時、親交があった人たちについて話した。文豪の谷崎潤一郎や元文部大臣の永井道雄ら皆が皆、大切な人たちだ。その中でも最も世話になったのは米海軍で一緒だった同志社大学元教授のオーティス・ケーリだ。

ケーリは海軍日本語学校の同期生。父が日本でキリスト教を布教していた宣教師で北海道小樽市に生まれ、十四歳まで日本にいた。海軍時代、語学将校だった私たちは共に行動することが多かった。最初の戦場は、日本軍が初めて玉砕したアリューシャン列島のアッツ島。四三年五月。圧倒的な物量に追い詰められた日本兵は最後に手りゅう弾で自爆した。その遺体に私たちは戦慄《せんりつ》し、言葉を失ったことをはっきりと覚えている。

その後、ハワイの日本人捕虜収容所の所長となったケーリは、ある作戦を実行した。捕虜だった元新聞記者たちと協力して戦況の現実を伝える日本語の新聞を作り、日本各地に空からばらまいた。日本人の厭戦気分を高めれば終戦が早まると思ったからだ。

戦後、米国の大学で教えていたケーリは四七年に人材交流で同志社大学に派遣された。海軍を除隊後も連絡を取り合っていたが、再会したのは私が京大に留学したとき。外国人の受け入れ先が少ない時代に、彼は私に希望通りの下宿を紹介してくれた。留学中に初めて日本語で講演したのも彼の後押しがあったから。何かと面倒を見てくれた。

あまり知られていないが、戦後日本の民主化にケーリは大きな役割を果たした。彼は終戦直後の四五年末、日本人捕虜の親戚を介して親しくなった高松宮に「天皇に全国を巡幸していただき新しく民主的な天皇像を構築しては」と進言した。それが天皇の「人間宣言」と巡幸にどれだけ影響したかは分からない。だが、道筋を示したことは記録に残っている。

また、日米史が専門だった彼は、原爆投下の標的だった京都がなぜ被害を免れたのか、調べた。当時の陸軍長官ヘンリー・スティムソンが戦前に京都を訪問していて、その歴史的価値を知っていた。強硬に反対して、標的から外したことを明らかにした。

最近、ケーリが小樽市の小学生時代に書いたという作文を読んだ。そこには拙い字で「せんそうははるい（悪い）事です」「世界はきょうだいみたくくらせばよいのです」とあった。彼も筋金入りの反戦主義者。海軍に入ったのは、私と同様に「日本語を使って一日も早く戦争を終わらせよう」と思っていたからだ。

ジャズ好きのケーリはルイ・アームストロングが来日公演した際に、自分の車にサインしてもらったことが自慢だった。二〇〇六年四月に八十四歳で亡くなった彼の追悼式ではアームストロングの曲が流された。ケーリもまた、戦後日本に欠かせない存在だった。

日記は日本の文化

二〇一六年一月十日

新年を迎え、おせちを前にふと思い起こすことがある。米海軍の語学将校時代に翻訳した日本兵の日記だ。海軍が南洋の島で日本軍の遺留品として回収した日記に、こんな記述があった。

「戦地で迎えた正月。十三粒の豆を七人で分け、ささやかに祝う」。物量で勝る米軍の攻撃に追い詰められ、補給路も断たれて孤立した七人。この直後に玉砕したのだろう。思いをはせると胸が苦しくなる。

日記とは不思議なものである。あくまでも個人的な備忘録であり、内面の告白でもある。すすんで人に見せるものではない。だが、記録すれば、いつかは誰かの目に触れる。この日本兵も、何かを伝えたかったのだろう。戦争の現実がどんなものかを。

私が日本の日記文学にひかれるようになったきっかけは、この海軍時代の経験だ。

調べてみると、日本には「土佐日記」など平安時代からの伝統がある。しかも、日記を書くのは一部のインテリだけではなく、広く普及している。太平洋戦争時には、生きるか死ぬかの兵士にも銃器と共に日記帳が配られていた。

日記文学研究をライフワークとする私が最近、熱中したのは二十六歳で亡くなった天才歌人、石川啄木の日記だ。それを読むに、啄木は考え方がよく変わり、一貫性がまるでない。妻を愛しながらも、不貞行為に走る。経済的に援助してくれた友人に感謝しながらも「嫉妬深い、弱い」とこき下ろし、一時は尊敬し、慕っていた詩人を「此《この》詩人は老いて居る」と片付ける。

啄木は「妻に読ませたくない」という理由でローマ字で日記を書いたことがある。だが、妻はローマ字を読めた。しかも、その日記は上質な紙に誤字脱字なく書かれてあった。おそらく下書きをして清書したのだろう。読まれたくはないが、知ってほしいという、矛盾した願いが垣間見られる。最初から人に読ませることが目的の日記と比べて、啄木日記ははるかに人間味にあふれ、魅力的だ。

晩年、啄木には悲劇が続いた。息子は生まれてすぐに亡くなった。啄木の肺結核は悪化するばかりで、母と妻も病に倒れた。しかし、医者に払う金がない。そんな吐露は、無名の日本兵が残した日記とも重なる。

太平洋戦争中、私にとって初めての戦地となったアリューシャン列島のアッツ島に向かう途中、洋上で読んだのが紫式部や和泉式部が残した日記の英訳だった。当時、米国にあった一般的文献より、日記の方が日本人を理解するには役に立つと思ったからだ。

日記は日本文化の一つである。毎年、年末には書店の店頭に日記帳が並ぶ。新年には、新しい日記帳を開く人も多いだろう。私も何度か書こうと思ったが、大人になってからは書いたためしがない。だが、それで後悔することがある。例えば以前、谷崎潤一郎の自宅に招かれたときに志賀直哉がいて、大作家二人との対談に参加した。二人の姿は覚えているのだが、話の内容を思い出せないのだ。

当時、私は記憶力が抜群で「忘れるはずがない」と思っていた。ところが、年を取って忘れることを覚えたのだ。せめて、日記に残していれば、と思うが後の祭りである。

最後の晩餐

二〇一六年二月七日

演出家の宮本亜門さんが先日、三島由紀夫がどんな人だったか知りたい、と私を訪ねてきた。三島の最後の戯曲「ライ王のテラス」を東京の赤坂で三月に上演するそうだ。「十二世紀末のカンボジアを舞台に病魔で肉体が朽ちていく国王が、夢を託して美しい大伽藍《だいがらん》を造成する」という物語だ。三島の生き方が反映されている作品とされ、演出の参考にしたいという。

私は一九六九年に初めて上演された「ライ王のテラス」を三島と共に観劇した。「お役に立てるのなら」と喜んで、宮本さんに思い出を話した。

三島は私が天才と認める数少ない一人だ。小説、近代能、戯曲と幅広い分野に優れた作品を残した。三島の原稿には誤字脱字はほとんどなく、まるでモーツァルトの楽譜のようにそれ自体が芸術。芝居や歌舞伎などの観劇が好きで、自らも映画に出演した。

宮本さんは高校時代に引きこもり生活をした時期があったという。そのときに三島作品を読みふけったそうだ。五年前には三島原作の『金閣寺』を舞台で演出した。宮本さんは三島について「まるで舞台で演じていたような人生だった」と指摘した。確かにそんな一面はあった。

三島は私に「ベタベタした関係を望まない」と話し、個人的な話に立ち入ることを避けた。それでも文学や世界情勢など話題は尽きず、いつも大声で話し、大笑いして会話は弾んだ。だが、そんな振る舞いの半面、非常に繊細だった。行動は計画的で手帳に詳細な予定を書き込み、それが狂うことを嫌った。私が約束の時間に遅れると、とても不快な表情を見せた。

そんな昔話をしながら、三島が自決する三か月前、七〇年八月の出来事を思い出した。三島は毎年夏を静岡県下田市で過ごしていた。そこに、私を招待した。その日の昼食はすしだった。三島は中トロばかりを注文した。夕食時には共通の知り合いが加わり三人で和食店に出かけた。三島はいきなり伊勢エビを五人前も注文した。それでも「足りない」と二人前を追加した。

高価なメニューばかりを食べ急ぐ三島は初めてだった。何かがおかしいと感じた。

私は約束を破り、「悩みがあるなら、話してくれませんか」と内面に触れようとした。三島は目をそらし、押し黙った。何も答えなかった。

今、思えば、最後の晩餐《ばんさん》にもシナリオがあったのだろう。翌日、三島は遺作『豊饒の海』の最終章の原稿を「読みませんか」と私に手渡した。前の章をまだ読んでいなかったので断ったが、私の反応は筋書き通りだったのか。それとも、読んで何か意見を言えば、その後のストーリーは変わったのか……。

翌九月に私が羽田空港からニューヨークに向かう朝、夜型の生活で徹夜明けだっただろう三島は、無精ひげに充血した目で見送ってくれた。そんな姿も初めてだった。

『豊饒の海』の最終章には三島が自決した七〇年十一月二十五日の日付が残る。歴史上は書き上げた直後に自衛隊市ケ谷駐屯地に向かったことになっている。だが、三か月前に最終章はあった。日付は最期の演出かもしれない。

宮本さんは私を通じて、少しは三島に近付けただろうか。舞台の成功を祈っている。

現代人・啄木

二〇一六年三月二十日

私が日本人となった四年前からの研究活動の集大成がようやくまとまった。弱冠二十六歳で亡くなった天才歌人、石川啄木の評伝だ。彼の名前をそのまま書名にした。英語版も今秋、ニューヨークで出版される。啄木の関連本は数多くあるが、必ずしも実像には迫っていない。私は、短歌だけでなく、日記や手紙を通じて「新しい啄木像」を描き出せたと思っている。

彼はよくもあしくも天才だった。盛岡市の山間部にある寺の住職の長男として生まれた。教育環境に恵まれていたとはいえず、中学も中退。だが、驚異的といえる量の書物を読み、独学で英語を覚えて洋書にも親しんでいた。

短歌に説明は不要だろう。文語体を駆使して、そのとき、その場の心象風景を三十一音に見事に凝縮した。

東海の小島の磯の白砂にわれ泣きぬれて蟹《かに》とたはむる

たはむれに母を背負いてそのあまり軽きに泣きて三歩あゆまず

こうした名歌を、何の苦もなく詠んだ。一晩に百首、二百首と桁外れの量産をしたこともある。

私は啄木が最初の現代人だと思っている。感性は私たちと何一つ変わらず、彼の歌が「昨日、詠まれた」と聞いても違和感はない。その才能は与謝野晶子、森鷗外、夏目漱石ら当時の大家たちが高く評価していた。

私生活も奔放だった。父親も借金を踏み倒すことで悪名高かったが、啄木も金銭感覚がルーズ。酒やたばこ、そして女と遊ぶために、返す当てもなく借金を重ねた。北海道釧路市での新聞社勤務時には、芸者遊びが常で、そのツケを芸者が払っていたこともあった。

東京で生活を始めた啄木は中学時代の初恋の相手と郷里で結婚式を挙げることになった。ところが、交通費を用立ててもらったにもかかわらず、姿をくらまして式をすっぽかした。

それでも、才能を認めた知人、友人は職を世話して、支えようとした。啄木も気に入った仕事には能力を発揮して、恩顧に応えた。だが、天才肌にありがちな気分屋で失職を繰り返した。彼の悲劇は、短歌で生活できなかったことかもしれない。金になる小説を書こうとしたが、瞬間を切り取る天才歌人は、不幸にも長い文章の構成能力には欠けていた。

啄木が赤裸々に書き残した日記を読めば、一筋縄ではいかない複雑な人間性が浮かび上がる。妻への愛をささやきながら、不貞行為に溺れる。金を貸してくれる友人に恩を感じながら、絶縁する。世話になった歌人を感謝しながらも、こき下ろす。朝令暮改を繰り返し、矛盾だらけだ。

啄木は多くの日本人に愛される国民的歌人である。甘い顔立ち、数々の印象深い名歌。そして、生活苦に喘《あえ》ぎながら肺結核を患い、ろくな治療も受けられずに早世。ドラマ性ある生涯だった。

そんな歌聖のイメージが先行してか、これまでの研究者は負の側面に迫ることを避けていたようだ。だが、それでは全体像は分からない。私が啄木の日記を初めて読んだのは六十年以上も前。その時から「いつかは」と思っていた日本文学のタブーへの挑戦を、日本人になってようやく果たした。

英語歌舞伎で「忠臣蔵」

二〇一六年四月二十四日

米西部オレゴン州のポートランド州立大学で学生が中心となって演じた英語歌舞伎「仮名手本忠臣蔵」を観劇してきた。監督は私の教え子で同大教授のラリー・コミンズ君。二月から三月にかけての八回公演で初日は演技が硬かったが、回を重ねるごとに目に見えて完成度を上げたそうだ。私が観劇した最終日は見事なばかり。コミンズ君の忠臣蔵は原作に忠実ではなかったが、外国人に喜ばれるような演出で大成功だった。

忠臣蔵を一九七一年に最初に英訳したのは私だ。それをハワイ大のジェームズ・ブランドン教授が脚本化して、七九年に同大で初めて公演した。今回が三十七年ぶり二度目となるが、日系人が多いハワイとは違う米本土では初めてで、歴史的公演に多くの日本メディアが取材に訪れた。その歴史を作ったのはコミンズ君の情熱だ。

彼が初めて忠臣蔵を見たのは大阪で七八年だった。私は六十年以上も前の京都大学大学院に留学時、「日本文化を知ろう」と狂言を習ったが、コミンズ君も歌舞伎にひかれ、三味線を習い始めた。日本研究で知られるポートランド州立大学の教壇に立ってからは「歌舞伎演技」という実習科目を作った。自らが音楽を担当する地方《かた》となって、学生と共に、これまでに「外郎売《ういろううり》」「鰯売恋曳網《いわしうりこいのひきあみ》」などを上演《じ》した。だが忠臣蔵のような大作となると話は別。衣装や道具なども大掛かりだ。

コミンズ君は二年前から動き始めた。ニューヨークに本部がある米日財団が賛同して助成金を出してくれた。ハワイ大学から七九年に使った衣装を貸してもらうことになった。だが、決して資金は潤沢ではない。カツラは日本のゴム製玩具に手を加えて作り、模造刀は古物商から借りた。

実は、こうした衣装などの担当はコミンズ君の妻の寿美《としみ》さんだった。古い衣装なので傷みやすく、舞台稽古が始まると、補修は連日深夜に及んだ。着付けや白塗りの化粧には寿美さんの友人、知人の他、妹を東京から呼び寄せて手伝ってもらった。日本文学や演劇を学ぶ学生を中心に約百十人が集まって、今年一月に「コミンズ一座」を結成。歌舞伎の映像を見ることから始まり、歩き方、座り方、お辞儀の仕方を連日、連夜繰り返し、一方でせりふを覚えて準備を進めた。

私は常日ごろ、「日本の文学や伝統芸能には世界に通じる普遍性がある」と主張している。忠臣蔵は典型だ。義士の忠誠心や高潔さには胸を打たれ、感情を内に秘めての静かな演技は心に響く。

公演に合わせて、私の教え子たちが各地の大学からポートランドに集まってくれた。皆が皆、有能なジャパノロジストだ。彼ら、彼女らによれば、米国で日本文学は古典のみならず近現代も人気。専攻する学生も増えている。

最近、日本では経済効率や実学が優先され、文系の学問や伝統文化が軽んじられる傾向がある。だが、それは間違いだ。「クール・ジャパン」と造語される前から、海外で評価される普遍的な日本がある。今回の観劇で、義士たちの「エイエイオー」の掛け声を聞きながら、それを再認識した。

◇

熊本震災で被災した皆さんが大変な苦労をされていることに心を痛めています。熊本には講演などで何度か行きました。熊本城が印象的な美しい街でした。どうか気落ちせずに。必ず立ち上がれます。

母の日に思う

二〇一六年五月八日

終戦直後にニューヨークの自宅で撮った写真を最近、部屋で見つけた。セピア色の一枚にはソファに並んで座る母と若き日の私。二人とも正装でかしこまっている。何かの記念だったのだろう。七十年も前のことだから、なぜ撮ったのかは覚えていない。だが母と一緒の写真は手元にほとんど残っておらず、私には貴重な一枚だ。新潟県柏崎市の「ドナルド・キーン・センター柏崎」に展示した。

母は社交的で面倒見のいい人だった。自宅の近くには移民が多く住んでいて、外国語があふれていた。母は語学に才があったようだ。近所付き合いするうちにイタリア語やハンガリー語、ポーランド語まで覚えて、簡単な日常会話で交流していた。特にフランス語は流ちょうで聞きほれるほどだった。

ほろ苦い記憶もある。幼少時、私は野球が苦手だった。ゲームには参加できず、いつもベンチ。そこで母は私の友人にお小遣いを渡して、ゲームに出させようとした。友人からそれを漏れ聞き、ばつが悪い思いをしたものだ。

お恥ずかしい話だが、両親の仲は良くなかった。父は貿易商。一九二九年の世界大恐慌で一家は困窮した。両親の言い争いは絶えず、最終的には父の浮気で離婚した。仲良しの妹は幼くして病死。私は十五歳から母一人、子一人の母子家庭で育った。

経済的には恵まれなかったが、幸いにも私は自立心が強く、勉強もできた。飛び級を繰り返し、十六歳で奨学金を得てコロンビア大学に入学。太平洋戦争中、語学将校として従軍して母に心配を掛けたが、除隊後は学問の世界でそれなりの評価を受けた。母から小言を言われたこともなく、母子関係は良かった。

だが、私は最後にひどいことをした。六一年秋。教職を得たコロンビア大を休職して、日本で古典芸能を研究していたときだった。母から「身体の具合が良くない。早く戻ってほしい」と手紙が届いた。母は心配性で寂しがり屋。私が数週間も手紙を書かないと決まって「気が付くと私は死んでしまっているよ」と脅してきた。「病気だ」と訴えたときにもせいぜい風邪。そこで私は高をくくっていた。

同じころ、私が尊敬する『源氏物語』の英訳者アーサー・ウエーリから、事実上の伴侶が「死の淵にいる」と知らせがあった。すぐにロンドンで彼を慰め、ニューヨークに向かうべきだっただろう。だが、私は行ってみたかった東南アジアの何か所かを回ってからロンドンへ。ウエーリと再会してから、ニューヨーク便に乗った。

そして運命のいたずらか、大西洋上で航路が変わった。ニューヨークの空港が荒天で閉鎖され、カナダのモントリオールに緊急着陸した。一泊してニューヨークに飛び、病院へ駆けつけると母は私のことが分からないような状態だった。ときどき、言葉を発したが何を言っているか聞き取れない。叔母は言った。「せめて昨日なら話せたのに……」。その日に母は亡くなった。

私は罪の意識にさいなまれた。泣くこともできず「なぜすぐに戻らなかったのか」と自問を繰り返した。来月で九十四歳になる私は、いまだにその思いを引きずっている。きょう八日は「母の日」だ。

司馬さんのメッセージ

二〇一六年六月五日

作家、司馬遼太郎さんと私の対談本『日本人と日本文化』の英訳本が先日、出版された。対談したのは四十五年も前。日本をめぐり意見をぶつけ合ったこの本は、今も版を重ねているロングセラーだ。英訳本は日本に関心のある外国人の理解を深める一助になると思う。

司馬さんは私より一歳若い一九二三年生まれ。日米で対峙していたが、共に太平洋戦争に参加して、戦争の現実を知っている。司馬さんは私を「戦友」と呼んでいた。

対談はある出版社の発案だった。司馬さんはベストセラー作家で誰もが彼の本を読んでいた。ところが、日本文学とはいえ古典が専門の私は彼の本を読んだことがなく、気乗りがしなかった。それでも、司馬さんが「キーンさんが前もって自分の小説を読んで来ないこと」を条件にしたと聞いた。迷いはなくなり、お引き受けした。

司馬さんは歴史に造詣が深く、博識だった。『古事記』『日本書紀』の時代から近現代に至るまで文学はもちろん、日本に影響を与えた外国人や外国文化、そして宗教へと話題は膨らみ、刺激的で実に楽しい時間だった。

対談がきっかけで、司馬さんとの長い付き合いが始まった。忘れられない思い出がある。八二年にある大手新聞社が主催した宴席だ。酔った司馬さんが突然、その新聞を「ダメだ」とこき下ろし始めた。「明治時代に夏目漱石を雇うことでいい新聞になった。今、いい新聞にするにはキーンを雇うしかない」。

歴史に残る文豪と私を同列に扱う、酔狂な発言に一同は大笑い。ほろ酔いの私も気に留めなかった。ところが、外国生まれの異分子ともいえる私が組織活性に役立つとでも思われたのか、一週間ほどして新聞社から連絡があった。私は客員編集委員になり、日本の日記文学などについて連載した。それで複数の文学賞も受賞した。司馬さんの推薦がなければ、客員編集委員になっていなかっただろうし、日記文学の研究も思うようにはできなかったかもしれない。不思議な巡り合わせだった。

司馬さんには一度だけ困らされたことがある。二十年に一度の伊勢神宮の遷宮に九三年、二人で一緒に参列した。極度に寒がりの司馬さんは「寒い」と控え室に戻りたがる。私は神事を目の前で見たいのだが、彼は「控え室にモニターがある」と袖を引っ張るのだ。今となっては笑い話だが五三年以来、四回連続して遷宮に参列している私は、そのときだけはモニター越し。思い起こすと、やはり少し残念だ。

それはともかく、司馬さんは私によくしてくれた。思うに、日本文学の素晴らしさを海外に紹介していたことを評価していたのだろう。司馬さんの小説にはメッセージがあった。敗戦と伝統的な価値観の断絶という二つの挫折で落胆していた日本人に「日本の歴史と偉大な先人たちを誇るべきだ」と訴え続けていた。

国際化というのは外国に行くことでも、外国を知ることでもない。「日本文化とは」「日本文学とは」と誇りを持って主張し、外国で理解してもらうことである。今年で司馬さんがお亡くなりになって二十年。今回の英訳は、何よりも日本の国際化が目的である。

京都の谷崎潤一郎旧宅の縁側にて。浴衣は谷崎夫妻からいただいた思い出の品。

第二部

父と暮らして

キーン誠己

渡辺謙さんの舞台

二〇一五年六月十九日

ミュージカル「王様と私」に主演した渡辺謙さん（中）と記念撮影。

父ドナルド・キーンは、二〇一一年夏に住みなれたニューヨークの住居を引き払い完全に東京に居を移して以来、毎年十日間程度生まれ故郷のニューヨークに行くことを楽しみにしている。今回の滞在は少し肌寒い四月十四日から二十四日まで十一日間だった。

父はさすがニューヨークっ子。九十二歳ともなると、エスカレーターなどない地下鉄の階段の上り下りは私が腕を支えることもあるが、どこへ行くにも迷うことなく地下鉄やバスを縦横に乗りこなし、私は見失わないよう懸命に後を追うだけだ。

長年教えていたコロンビア大学や美術館に行くことに加え、一番の楽しみはメトロポリタン歌劇場（メット）でオペラを観《み》ること、コンサートに行くことだ。十七歳でメットの一番後方の席だが週一回で一ドルの会員になり、一九三〇年代後半からマルチネッリ、フラグスタートら信じられないほど多くの名歌手を知り、トスカニーニ、ラフマニノフなど伝説の指揮者や演奏家を生で聴いている。

父の音楽好きはもう趣味の世界を越えて専門化し、音楽評論も三冊ある。小澤征爾さんや中村紘子さんは親しい友人で、私もそのひとりだが父の影響でオペラやクラシックにのめり込んでいる人は周囲には多い。

今回は二度のメット通いで「アイーダ」と「ドン・カルロ」を観て、コンサートにも一度行った。七十五年にわたって通い詰めたメットは父にとって我が家同然だ。

今回これらの楽しみに、初めてブロードウェーのミュージカルが新たに加わった。そうです、われらが渡辺謙さんの「王様と私」です。ミュージカルは子どもの頃は父の母や叔母と一緒によく行って父にも身近だったが、それからあまり趣味に合わず縁遠くなり、五七年に大評判になって間もない「マイ・フェア・レディ」を、出版社の特別なはからいで三島由紀夫と観て以来五十八年ぶりだという。

なにしろ今回は特別だった。謙さんが古典的名作「王様と私」の王様役でミュージカル初挑戦するのだから。去年の夏に知って私たちは心待ちにしていた。初めて謙さんに会ったときの父の印象は、謙さんと別れたとき開口一番、「謙さんは、実に立派な人物です」の一言だった。謙さんの評価はこれで全てを表現していると言っても過言でない。

謙さんの演技は素晴らしかった。そして私たちは大いに楽しんだ。王様には威厳と品格、そしてユーモアもあり、ダンスも歌も魅力にあふれ、スケールの大きさは格別だった。ミュージカルは初めてのはずなのに、あれだけのものを短期間でよくも自分のものにし観客を完璧に魅了したものだと感心した。

終わった後の拍手喝采はいつまでも果てることはなかった。謙さんの演技には、深くて緻密な思考と地道な積み重ね、そして自らに厳しい姿勢が見えてくるようだった。

終演後、楽屋で謙さんは私たちを待っていてくださり、父と謙さんは顔を見るなりぶつかり合うように抱き合い、父は謙さんの演技を心から讃《たた》えた。謙さん、忘れることのできない感動をありがとうございました。

魅力的な二人の親友

二〇一五年六月二十五日

ニューヨークのコロンビア大学で、親友のテッド・ドバリーさん（左）と。

父がニューヨークを毎年訪れる目的のひとつは、同年代または年上の親友に会うことだ。中でもテッド・ドバリーとジェーン・ガンサーの二人は特別だ。ニューヨークに到着すると、最初にすることは二人にいつ会うかを決めることだ。実は私にとっても毎年会っているうちに二人はいつの間にか大切な存在になった。

　テッド・ドバリーは、海軍日本語学校から七十年以上の大親友で、テッド、ドンと呼び合う。最初の赴任地は二人ともハワイで、父は翻訳、ドバリーは暗号解読だった。九十六歳にしていまだに週二回、コロンビア大学で教えている。専門は、中国、韓国、日本の儒学だが、西鶴の『好色五人女』の英訳は名訳だそうだ。こんな大碩学《だいせきがく》に対しドバリー〝先生〟と言わなければ礼を失する。

ドバリー先生は、ニューヨークの自然豊かな郊外に、夫人に先立たれひとりで住んでいる。その家は、戦後間もなく戦友たちと協力し合って互いの家を建て合ったものだそうだが、古い家を今も大切に使っている。菜園もあり最近はメイドさんが世話を見ているが、できる限りの野菜は自給自足しているようだ。長身のドバリー先生は、ご自身がまさに儒学者のようであり、質実剛健、時に修行を積んだ禅僧か古武士にも思える。ドバリー先生と父に一番共通している点は、学問と本の虫、そしてヒューマニティーにあふれているということだろう。

二人の友情秘話は枚挙にいとまがない。米国のある有名大学の東洋学科で二人をセットでコロンビア大学から引き抜こうとしたとき、父は「テッドが行くならどこにでも行く」と言った。もちろん実現はしなかったが。

今年もまたコロンビア大学で父は講演したが、ドバリー先生が司会をし、テーマはドバリー先生の要望で「日本における古典文学と哲学の教え方」だった。

一方、ジェーンの家には今回は違ったが、泊めてもらうこともよくある。九十八歳のジェーンは、一九五〇年代から六〇年代にかけて、著名なジャーナリストだった夫ジョンと世界各地を旅行し、行く先々で首長や国王に会った。家では当時一流の芸術家や政治家などが集まるパーティーが開かれていた。父もよく招待されていたようだ。ジャクリーン・ケネディもジェーンの親しい友人で、ジョン・F・ケネディの亡くなった後初めて社交界に戻ったのがジェーンの家のパーティーだった。その頃父はジャクリーンに会ったが、後に娘のキャロラインが駐日米国大使になり近しくなろうとは思いも寄らなかったし、ご主人のシュロスバーグ氏が教え子だったとは、これもまたなにかの縁だろう。

夫ジョンが亡くなった後、ジェーンを訪ねる人はもういないのではと思われたが、彼女の人望と魅力がそうはさせなかった。今でもいつも新聞や雑誌を読み、読書が大好き、時勢に明るく話が面白く、感性豊かで人を見る目も鋭い。それにファッションのセンスは抜群だ。私たちに食事も作ってくれる。ジェーンと台所に立つことは楽しい。今年からさすがに運転は止《や》めたそうだ。

サンタンジェロ城に上る

二〇一五年七月三日

ローマのサンタンジェロ城の前で。

四月二十五日に私たちはニューヨークからローマに着いた。この日から十八日間でイタリアの五都市を訪れた。

訪問時には九十二歳、六月で九十三歳になった父は、ヨーロッパを見るのは最後かもしれない、という気持ちでヨーロッパまで足を延ばしたが、なぜイタリアを選んだのか。本来なら二十代半ばから五年間過ごしたケンブリッジ大学のある英国という選択肢もあったのに。これまで数回訪れたことのあるイタリアには歴史があり、小さな町でも見るべき名所旧跡がある。そして美術と音楽の国、次に食べ物やワインが美味《おい》しい、というのが理由だった。また父には、世界中に教え子や親しい、または父を尊敬している日本学者がいて、親切にしてもらえる有り難さがあった。

ローマの滞在は、ナポリ大学で長く教え、日伊の文化交流にも大変貢献された坂本鉄男先生と奥さま、それに駐伊日本大使の梅本和義様ご夫妻にとてもお世話になった。大使のご好意で大使公邸に滞在するという栄にも浴し、ローマの日本学者たちとの有意義で楽しい晩餐会《ばんさん》も催していただいた。

今度のイタリア滞在では、楽しみにしていたオペラや音楽会はストやミラノ万博等の影響で、残念ながら鑑賞することができなかった。しかしその分、観光や美食、文化交流を楽しむことができた。

まず到着翌日、父が私を連れて行きたかったところは二世紀にハドリアヌス帝が霊廟《れいびょう》として造らせた、テヴェレ川右岸に威容を誇るサンタンジェロ城だった。

これは父らしい選択だった。なにしろサンタンジェロ城の屋上はオペラ「トスカ」の第三幕の舞台であり、マリオ・カヴァラドッシが処刑され、主人公トスカはそこから身を投げたのだ。

私は天使像の並ぶサンタンジェロ橋の上から城の外観を眺めたり、城の中を少し見学したりするだけのつもりだったが、驚いたことに父はあの高い屋上まで階段で上ろうというのだった。相当な段数で、昔のままの階段だから手すりのないところも多く、段の幅も高さも違っているから父には危険だった。しかし、「ここまで来て一番上まで行かないのは無意味です」と私の制止も聞かず強引に上り始め、二度ほど休憩しただけで一気に上り切ったのには仰天した。普段でもよくあることだが、このときも父の体力が並み外れて優れていることが分かった。ローマについてはもっとあるが、紙幅が尽きる恐れがあるのでこれくらいにしたい。

ローマで四泊の後、日本美術が専門の教え子のカルツァさんが待つミラノに向かった。折しもミラノ万博開幕直前で、お目当てのスカラ座のオペラのチケットは闇でも買えない不運。しかしミラノの象徴ドゥオーモ、王宮のレオナルド・ダ・ヴィンチ展、そして十七世紀初めに設立され、一般公開された世界でもごく初期の図書館と絵画館を持つアンブロジアーナを心ゆくまで鑑賞し、エレガントなファッションの街を散策した。そして美食。カルツァさん自身の手料理、行きつけの田舎料理のレストラン、アイスクリーム屋さん、皆絶品だった。

サンタンジェロ城の屋上に続く階段を上る。

イタリアの美食の誘惑

二〇一五年七月九日

サン・ジミニャーノの街角を散策。

ミラノの教え子、カルツァさんのお宅で三泊の後、五月二日フィレンツェに着いた。ここではフィレンツェ大学の鷺山郁子先生とエドアルド・ジェルリーニ先生（江戸君）にお世話になった。翌三日は江戸君の運転でフィレンツェを離れトスカーナ地方の、中世の都市の姿を色濃く残すサン・ジミニャーノやワイン畑を楽しんだ。フィレンツェは折しも観光シーズン、ウッフィッツィ美術館は見られなかったが、古くて美しい街並みや建物を大いに楽しんだ。

五日には「東洋への懸け橋」と題し父を囲む会

が日伊財団の主催で開かれ、百人ほどの研究者や学生、現地の日本人の皆さんが父の話に耳を傾け、父には熱い質問が浴びせられた。

イタリアで一番困ったことは、食べ過ぎだった。父も私もフィレンツェでついにお腹をこわし、父はほどなく治ったが私は鷺山先生に薬を買ってもらいようやく治った。

フィレンツェ四泊の後はボローニャだった。ここは三島由紀夫の「班女」を、父の英訳でオペラ（作曲・細川俊夫）にしたときの演出家ルーカ・ヴェジェッティが住んでいる。ルーカはあいにく不在だったが、日本人の奥さんモエさんが歓待してくれた。ボローニャは大学都市で欧州最古のボローニャ大学がある。学者や学生の多く住む、落ち着いて美しい街の風景を父は非常に気に入った。ボローニャ大学に属する極東文化センターを訪問し、研究者たちとの意義深い交流もあった。ラザニア、トルテッローニなど、またしても誘惑に負け美食を満喫してしまった。

ボローニャで二泊の後、九日からはイタリア最後の訪問地、ヴェネチアだった。イタリア国内の移動は全て鉄道だったが、ヴェネチア駅ではヴェネチア大学の院生アレックス君とロミーナさんが私たちを出迎え、滞在中ずっと付き添ってくれた。

父は五度目くらいのヴェネチア訪問だが、「サン・マルコ広場は、世界一美しい広場です」と目を細めつつ何回も訪れた。今回のイタリア訪問で、二つの美術館、ローマのボルゲーゼ美術館とヴェネチアのアカデミア美術館を見学した。両方とも素晴らしかった。美術にも造詣の深い父は、好きな作品の前ではしばらく佇《たたず》んでその思いを語った。

最後の十一日、ヴェネチア大学でパオロ・カルヴェッティ先生が父の会を催してくださった。日本語を学ぶ学生が二千人もいるというのに驚嘆したが、この日の聴衆の多さと熱気にも驚いた。

今回のイタリア訪問で日本語や日本文化、文学を学ぶ多くの研究者や学生に出会ったが、父を見る目は、伝説の人、日本文学の神様への畏敬の眼差《まなざ》しに思えた。そして父の話しぶりや姿勢は、教育者として日本文学者として常に優しい愛に満ちていた。この旅行でお世話になった研究者や学生は皆さん、見事な日本語を話したり書いたりする人たちばかりだった。

イタリアの最後にまた美食に触れるのは恥ずかしいが、ローマの坂本先生の奥さま、ヴェネチア大学のカルヴェッティ先生の奥さまの心のこもった家庭料理の味と美しさは忘れられない。

聖なるバルテュス邸

二〇一五年七月十七日

バルテュスのアトリエで夫人の節子さんと。

ヴェネチアを五月十二日朝に発《た》って、列車で七時間以上かけて陸路でスイスはレマン湖の東、モントルーに向かった。父の疲労が心配で空路ジュネーヴへ短時間でという私の提案は、「列車で行かなければ美しい風景は見られません」という父の意見に一蹴された。ミラノ駅で乗り換えの待ち時間が一時間あったが、アンブロジアーナ絵画館・図書館に勤める田中久仁子さんと息子のリノ君のおかげで順調だったし、嬉《うれ》しい手作りの日本食弁当までご馳走《ちそう》になった。

私たちの目的地は、モントルーから東へ車で一時間のロシニエールにあるグラン・シャレだった。そこには〝二十世紀最後の巨匠〟とピカソが讃えた偉大な画家バルテュスの夫人、節子さんと家族が住んでいる。グラン・シャレは二百五十年以上前に建てられたスイスで一番大きくて古い木造建築の重要文化財で、かつては旅籠《はたご》だった時代も長くヴィクトル・ユーゴーも定宿にしたという。

モントルー駅にはオランダ人のバトラー（執事）、ヨロンが車で迎えてくれた。山間の小さな村ロシニエールに至る風景は、遠くに雪をいただくアルプス、緑の牧場には牛たちが草を食《は》み、色とりどりの可愛《かわい》い花が咲き、喩《たと》えようもなく美しかった。

グラン・シャレに着くと和装の節子さんが私たちを出迎えてくださった。バルテュスと節子さんが二人とも気に入り、一九七七年に移り住んだというグラン・シャレは、それ自体が周囲の緑豊かな風景と一体になってひとつの完成された芸術だと思った。家具調度から装飾、節子さんの着物の色合いや着こなし、また例えばテーブルクロスや日常の食器のような些細《ささい》なものまで、お二人の研ぎ澄まされた美感と精神性が宿っているようだった。

翌日節子さんにグラン・シャレに隣接する画家のアトリエに案内していただいた。普段は見学できたとしてもガラス越しだが、私たちは中まで入れていただいた。昨年東京で催されたバルテュス展で再現されたアトリエも素晴らしかったが、実物はより真実性があり画家の魂が直《じか》に感じられた。生前のままに遺《のこ》されている画材、椅子に無造作に掛けられたセーターや毛布など、いつバルテュスが帰って来てもすぐに制作を始められるようにという節子さんの深慮によるものだ。画家は二〇〇一年二月、九十二歳で節子さんと娘の春美さんに見守られグラン・シャレで息を引き取ったが、画家の息遣いさえ聞こえてくるような、身も心も震えるほどに神聖な空間だった。

父とバルテュスとの出会いは一九九三年、東京の展覧会場で泉鏡花の作品について話し合ったときだそうだ。画家は日本をこよなく愛し、節子さんに日本女性の典型を見いだした。二十歳のときに三十歳以上も離れた画家と出会い、夫を深く理解し公私共に支え続けた節子さんの生き方と信念に共感する人は私だけではなかろう。

私たちの長旅の最後に五日間、最高の心の安らぎと栄養をプレゼントしてくださった節子さんご一家に心から感謝したい。

スイスで重要文化財の邸宅「グラン・シャレ」の前で。

軽井沢の庵《いおり》

別荘内の書斎で原稿を執筆中。

二〇一五年八月二十七日

ここ数年来父と私は、七月末から九月初めは避暑を兼ねて軽井沢の小さな別荘で過ごすことにしている。

八月は終戦の月。毎年この時期、戦争や平和について取材や執筆の依頼が多い。今年は戦後七十年、「五十年も六十年もこんなことはありませんでした」と、父も訝《いぶか》るほどに依頼の多い年だった。これは、軍人として戦場を実際に経験した人たちがいる、最後の区切りの年であり、また戦後、今ほど戦争や平和について考えさせられることはないからだろう。

父は今九十三歳。一九四二年二月に十九歳で米国海軍の日本語学校に入学し、十一か月で日本語を習得の後、二十歳で情報将校としてハワイに派遣され戦場に残された書類を翻訳し、戦死した日本兵の身体から抜き取られた、時には血痕さえ残る手帳の日記を解読したり、捕虜を尋問したりした。二十一歳でアリューシャン列島のアッツ島の作戦に参加し日本軍最初の玉砕を目の当たりにした。二十二歳の四月から沖縄戦に参戦し、八月六日グアム島で原爆を知り、十五日捕虜たちと玉音放送を聞いて終戦を迎えた。二十三歳だった。

父は、戦争がいかに悲惨で、罪のない人々まで不幸にするか身をもって知っている。今憲法第九条の理念が揺らぎつつあることに、日本人として大きな不安を抱いている。日中戦争から終戦まで、民間人も含めて戦争で亡くなった三百十万人と言われる人々のことをもう忘れたのだろうか、と。

ところで軽井沢の別荘は、ささやかながら父にとって五十年前からの快適な庵《いおり》だ。平地から少し上った林の中にあり、緑の葉末を縫うように夏の太陽が柔らかく降り注ぐ。朝は小鳥たちの歌声が聞こえる。雨の日も露を含んだ緑が映えて悪くない。家の前の小道を車が通ることも稀《まれ》で、訪れる人も少なく、執筆や読書に専念できる最高の環境だ。

軽井沢に庵を結んだ経緯を最近知った。東京オリンピックの前、新幹線の工事で、約十年間住みなれた京都の下宿と周辺の美しい風景を失った。その頃日本とニューヨークの二重生活で、日本に滞在するのはコロンビア大学の四か月近い休暇を利用した夏に重なっていた。そんななか、小さくても自分の城を持ちたいと思ったとき、あれこれ考えたが、当時は一年中住んでいなくても家が持てるのは軽井沢だった。軽井沢が特別に好き、ということではなかった。

しかし住めば都、初めての自分の家に限りない愛着を持ち、毎日御用聞きが来て、近隣の農家の人が軽トラックで野菜を売りに来る、冷蔵庫も必要ないのどかな生活を楽しんだ。軽井沢が心から好きになった。当時の取材に応えて、「去年ここに別荘を建てました。〝別荘〟というより、ここが世界でたったひとつの僕の〝家〟です」と語っている。時は変わり、御用聞きも来なくなり、スーパーマーケットに買い出しに行かねばならず、バスは少なく車なしでは生活できず、便利なようで不便な時代になった。さりながら軽井沢は、日本で初めて住民票を持った記念すべき、愛すべきところだ。

別荘近くの緑の小道を散策。

元気の秘訣

二〇一五年九月二十六日

布巾を肩にかけた定番のスタイルで皿洗い。

九十三歳にして今も日本文学研究者として、また文化人として注目を浴びつつ第一線を走り続ける父は、「健康の秘訣《ひけつ》はなんですか？」と聞かれることがしばしばである。その答えは三つあり、父らしいユーモアと逆説を含んでいるが真実もあり学ぶところが多い。一に「運動はしない」、二に「好きなものを好きなだけ食べたり飲んだりする」、三に「大いに悩みを持つこと」、だそうだ。不節生の代表格を並べたような返答でおかしい。

確かに運動は全くしない。生まれつき運動は苦手だったそうで、お母さんが野球のメンバーに入れてもらうため、遊び仲間に賄賂をあげたという逸話もあるほどだ。スポーツとは無縁だが、その代わり実によく歩く。街の風景や行き交う人々、植物などを見ながら散歩するのが楽しいようだ。近所の商店街へもほとんど毎日買い物に出かける。そして家の中でもよく身体を動かし、家事もまめまめしいほどよくする。父自身の作る料理については別の機会に譲るとして、毎食後の皿洗いなどの片づけ、ベランダの花の水やり、ときどきはゴミ捨ても。古新聞をまとめて紐《ひも》でくくることも父の役割だ。極めつきは、プライベート過ぎて写真で紹介することは憚《はばか》られるが、夜は畳の上に自分で布団を敷いて休む。これぞまさしく日本人以上に日本人と言われる所以《ゆえん》ではなかろうか。無意識のうちに足腰の鍛錬になっているかもしれない。

食生活については、別の機会で詳しく述べたいと思う。九十歳の声を聞いた頃から確かに少しばかり食は細ったが、まだまだ相当な健啖《けんたん》家で、美食家でもある。数年前に痛風を患ったのはそのせいもあるだろう。ずっと無病息災だったといえる。好き嫌いはないに等しく、日本食が中心だ。お酒は、以前は清酒なども飲んだそうだが、今はワイン一辺倒。酒量も当然減ったが毎晩グラス一杯のワインを楽しむ。食やワインに対する味覚は繊細だ。

悩みを多く持つ、とは言い換えると、常に好奇心を持って何かに挑戦し続けることだろう。これまで長年にわたって日本文学や、ときには明治天皇のような歴史や文化をテーマとして、次々に研究し著作を執筆してきた。その都度大きなテーマに立ち向かってひとつひとつ着実にものにした結果は見事に結実し、父の著作はどれをとっても分かりやすく読み応えがある。論考には魅せられることが多い。それは多くの読者も同じだろう。

書籍を読み漁《あさ》り、コンピューターに向かって執筆する姿は、神々しくさえある。集中力と持続力は不思議なほどに途切れることがなく、とても私たち凡人には真似《まね》ができない。それは朝から晩まで、夕食後もほとんどすぐに机に向かい、黙っていたら十二時までも平気で続けてしまう。一心不乱、好きで好きでたまらないという様子だ。父にとって〝悩み〟とは、好きな学問に没頭し、そのときどきのテーマと格闘することだと思う。

生来、健康で頑健、そして意外に柔軟で機敏な身体、それに優れた頭脳を持っていることは、やはり何にも増して幸運といえる。

第二の故郷

二〇一五年十月二十九日

3人の叔母さんと一緒に記念撮影。

東日本大震災の翌年二〇一二年三月八日に、父は念願の日本国籍を取得し、同月二十七日に新潟県人の私と養子縁組した。そのことで突然、そして必然的に新潟との深い縁ができることになった。その後柏崎には、「僕の元の家、僕の研究センター」と言っているニューヨークの書斎が復元された「ドナルド・キーン・センター柏崎」ができた。というわけで最近は「僕は半分新潟県人」とさえ言っている。それまでは親しい友人は多いが身寄りはなく、仮にも〝おじさん〟と呼んでもらえるのは、ハワイで知り合った戦友の六人の子供たちだけだった。この一家とは今も親しくしている。

ところが私を養子にしたため、私の兄弟一家や叔父や叔母、従兄弟など降って湧いたように家族や親戚ができた。私の父は八人兄弟、母は十人兄弟だったから突然できた家族や親族の数は半端ではなく、父は最初驚き唖然《あぜん》としたようだった。そのほとんどが新潟出身、または縁のある人たちだ。

母方の親族は毎年秋になると、「渡辺いとこ会」と称して親睦会を催している。母の実家の姓は渡辺、北蒲原郡中条町（現在は胎内市）にある薬種製造販売業者だった。岩船郡関川村にある国指定重要文化財の渡辺邸の分家である。現在の「渡辺いとこ会」の会場は、本郷の東京大学構内にある伊藤国際学術研究センター内のファカルティクラブである。この建物の設計者は東京大学名誉教授・香山壽夫《こうやまひさお》だが、私の従兄《いとこ》に当たる。多感な少年期を中条町で過ごした香山の建築は、県内にも「せきかわ歴史とみちの館」などいくつかある。

父はこの会に国籍取得の翌年から毎年参加し、今年で三回目だった。母の兄弟は、三人の妹（私にとって叔母）を除いて他界したが、三人は、九十四歳、九十一歳、八十六歳で父同様に元気な姿を見せてくれた。三人の叔母と九十三歳の父が、この会の長老格、中心メンバーだ。父は叔母たちからは〝お兄さま〟、従兄弟たちからは〝ドナルドおじさま〟と呼ばれ、最初は照れくさそうだったが、今は嬉しそうに微笑《ほほえ》んでいる。今年も十月初めの爽やかな秋の夕べ、三世代で二十人余りの新しい親族と会話や交流を楽しんだ。

父はまた、私が巻町（現在は新潟市西蒲区）の実家に年に一、二度帰省する際には必ず同行してくれる。楽しみは、東京ではまずお目にかかれない新鮮なお刺し身や野菜に舌鼓を打つこと。近所のおばさんが運んでくれる田舎料理ののっぺも大好き。夏は枝豆やナス漬けも。家族の一員、猫のモナ（モナリザ）ともすっかり仲良しになった。東京にいるときも年老いたモナの健康を気遣うほどだ。余談だが、新潟の食べ物で絶賛するもののひとつにル・レクチエがある。世界一美味しい洋梨と評価し大好物だ。

家の周囲を散歩することも楽しみのひとつで、弥彦山や角田山を見渡すのびやかで穏やかな田園風景、昔ながらの小さなお宮やお寺などがお気に入りだ。

ニューヨークのブルックリンを第一の故郷とするなら、第二の故郷は東京と新潟ということで間違いはない。

新潟の実家の猫モナとも仲良し。

コンピューターとの戦い

二〇一五年十一月二十五日

コンピューターを前に怒りのポーズ。

父とコンピューターとは〝敵対関係〟にある。

父はコンピューターで〝ほぼ自由に〟英語と日本語、稀にフランス語で文章を書き、電子メールで外部と交信し、インターネットで何かを調べたり、音楽を楽しんだりすることができる。これは父の年齢で、どう考えても普通ではない。本人はそれを自覚していないようだが。〝敵対関係〟と〝ほぼ自由に〟については これから説明を加えたい。

父がタイプライターを覚えたのは十歳頃で、ヨーロッパとの貿易の仕事をしていたお父さんの会社の事務所だった。事務所は、マンハッタンの南西、レクター・ストリートにあり、窓からはハドソン川が見えていた。誰かに教えられたわけでもなく、遊びながら自分で覚えたそうだ。その後、中学校で正しいタイプの仕方を教えられたが、我流の方が速かったので結局我流で今に至っている。戦時中ホノルルの翻訳事務所では日本語のタイプライターも覚えた。

タイプライターの時代が長く続き、Windows 95の頃からコンピューターに移行したようだ。父は人並み以上に明晰《めいせき》な頭脳に恵まれているが、意外にも機械には弱い。その上決して器用ではない。太い指でキーにタッチすると、無意識に隣のキーに触っていたり、左クリックをしたつもりが右クリックをしていたりする。そうするとコンピューターは当然思ったように言うことを聞いてくれない。思い通りにならない。そんなとき父は、コンピューターに向かって両の拳を振り上げて、本気で、「このコンピューターは僕の敵だ!」と叫ぶ。その声と言ったら、浄瑠璃でよく、〝腹が強い〟と言うがまさにそれで、大きく、お腹《なか》の底から出た、私を驚かせるに足る強い声なのだ。若い頃狂言の稽古で、お腹から大きい声を出すコツを会得したようだ。なにしろすごい迫力だ。

私は、「お父さん、そんな声を出すと、ご自分はよくても、僕の心臓には悪いから止めてください」とか、「コンピューターは繊細な機械ですから、そういうことは誰にも起こることなんです、怒らないで、落ち着いて」。うろうろなだめる他はない。すると平然と、「誰か人を相手に怒るよりもいいでしょう」と言う。確かに、理由はどうであれ、人に向かって怒りをぶちまける姿ほど醜いものはない。これも平和主義者の面目躍如たるところだ。コンピューターに対して怒ることでストレスを発散しているかのようでもある。

元来穏やかで平和を愛する父ではあるが、このように時として気の短い面もある。それは頭脳の回転が人一倍速いことによると思う。時間を無駄にすることも嫌う。日常的にも決断が速く、即座に行動を開始する。例えば、ある日なにかの理由で時間の余裕ができたとき、「さあ、これから美術館に行きましょう」と言うことがしばしばある。姿が見えないと思うと、もう靴を履いて玄関で立って私を待っている。一瞬の間である。思考だけでなく行動のスピードも本当に速い。せっかちと言ってもよい。私はあわてて父の後を追う。

年の瀬のお参り

二〇一五年十二月二十五日

大好きな金目鯛の煮付けを前に顔がほころぶ。

高齢にして元気な父は、師走といえども講演や取材で旅行をすることが多い。去年は金沢、一昨年は京都、その前年は沖縄だった。今年はちょっと違っていて伊豆の下田で、友人で陶芸家の土屋典康さん夫妻に会い、上原近代美術館で日本画の名品を鑑賞し、大好きな金目鯛《きんめだい》の煮付けを食べ、二泊のプライベート旅行を楽しんだ。

またこの師走は家で、『石川啄木』の評伝が来年中に日本語と英語で出版されるので、両方の校正に集中的に取り組んでいる。文芸誌「新潮」に連載するため〝啄木〟との闘いが始まって約三年の歳月が流れた。連載も九月で終わり今が最後の大きな山場である。国民的詩人〝啄木〟は破天荒な天才で、二十六歳で世を去ったが、九十歳を超えた父に真っ向勝負を挑まれたことに驚き、そして光栄に思っているに違いない。アメリカの編集者からは、ドナルド・キーンの最高傑作という評価もあった。

師走といえばクリスマス。最近は家で親子水入らずで過ごしている。美味しいワインと伊勢の私の友人が送ってくれる牡蠣《かき》がご馳走だ。父の子供の頃は、ブルックリンの家でささやかなクリスマスツリーと七面鳥。サンタクロースのプレゼントは子供向けの本だったそうだ。サンタも読書好きな子供と知っていたようだ。十歳の頃、プレゼントが本からセーターのような衣類になったとき、もう子供ではないのか、と寂しく感じたそうだ。

年の瀬は、作家の安部公房さんと一緒のことも多かったようだ。安部さんはナイーブで思いやりがあり、温かい人柄だったそうだ。その後ちょうど十年前から私と過ごすようになった。最初の数年は三が日に根津神社へ初詣に行ったが、あまりの人出の多さに辟易《へきえき》し、ある年から年末の三十日か三十一日に明治神宮へお参りに行くことで初詣に代えることにした。明治神宮は明治天皇をお祀りしているから、父にとって大著であり名著でもある『明治天皇』と深いご縁があり、いつも特別待遇でもてなしていただく。年末の神殿で手を合わせることは父にとっても意味があることだと思う。

元旦は、大親友で文部大臣でもあった故永井道雄先生の渋谷のお宅で、ご家族や永井先生の教え子の皆さんとおせちを囲む。これは年の初めの楽しい儀式である。昔話や永井先生の思い出に花が咲き、夜が更けるのも忘れてしまう。

師走はクリスマスカードや年賀状を書くことも大切な仕事だ。クリスマスカードは十二月二十五日までに相手に届かなければならない。年賀状を書くようになった一九五三年、クリスマスカードと同じように考え、元日前に届くように投函《とうかん》してしまった。当時の狂言の師匠、茂山千之丞さんから注意されて驚いたそうだ。些細なことだが文化や習慣の違いは面白い。

父は二百五十通の年賀状の宛名を丁寧に手書きする。絵柄は以前は花の写真だったが、昨年から私との旅先でのツーショットにした。今年はヴェネチア（イタリア）の風景と東寺（京都）の五重塔を背景にした写真など、四種類の年賀状を用意した。

明治神宮に参詣して手を合わせる。

父との出会い

二〇一六年一月三十日

初めて会った時、控室で記念の一枚。撮影は平野啓一郎さん。

私と父がどうして親子の契りを結んだのか、とよく聞かれる。知り合って今年で足かけ十一年。話せば長くなるが全ては無理としてもお話ししたい。

　私は三味線弾きとして人形浄瑠璃文楽座に二十五年間在籍し、主に関西で生活していた。一九九七年に長年患っていた肝炎が原因で退座し、新潟市の実家に戻り家業の酒造業を手伝っていた。一度は完全に芸の道を忘れたつもりだったが断ち切り難く、仕事のかたわら地元の愛好者を教え始め、小さな弾き語りの演奏会を催すようにもなった。

またかつての文楽の同僚で佐渡に住む、文弥《ぶんや》人形の遣い手、西橋八郎兵衛《はちろべえ》の影響で文弥節など、素朴で独特な古浄瑠璃の世界に魅せられていった。

芸の上で新たな道を歩み始めた私には、文楽時代のように仰ぐべき師匠がいなかった。そのときなんらかの教えを請うことのできる、そしてその可能性のあるドナルド・キーンという存在を思いついた。今思うとある種の勘だった。古典芸能にも深い知識と造詣のある偉大な碩学に、恐れ多くも指導を願おうと考えたのだ。

二〇〇六年十一月六日、新宿文化センターの「上方文化を遊ぶ」と題された催しで父と作家の平野啓一郎さんとの対談があり、誰の紹介もなく、まさか会ってもらえるとは思わず開演前に楽屋を訪ねたことが最初の出会いだった。そのときの写真は平野さんに撮ってもらったものだ。その後私がお礼状を書いたことから、一か月後の十二月初旬にJR駒込駅近くのマンションを訪問、明けて正月二日に一緒に根津神社に初詣。その折、八郎兵衛の恩師でもある早稲田大学の鳥越文蔵教授が一九六二年にロンドンの大英博物館で発見した『越後国柏崎《えちごのくにかしわざき》 弘知法印御伝記《こうちほういんごでんき》』の存在を知らされ、かつ上演を勧められた。父は当時一年の半分はニューヨーク、半分は東京の二重生活だったが、気持ちがなんとなく通じ合い次第に親交を深めていった。

二〇〇七年九月には鳥越教授の提案と立ち会いで、浅草橋の料亭・亀清楼《かめせいろう》で、父に古浄瑠璃を演奏するときの芸名、越後角太夫《かくたゆう》の名付け親になってもらった。その頃から私は『弘知法印御伝記』の作曲に着手し、八郎兵衛と立ち上げた越後猿八座で団員たちと一致協力し、〇九年六月に柏崎で三百年ぶりに復活上演した。父が観たのは翌七月の新潟公演のときだった。

養子の話が父から初めてあったのは、一〇年の暮れ頃だったように思うが、最初は聞き流す程度だった。東日本大震災の直後、ニューヨークでの父の国籍取得宣言が注目を集め、ニューヨークの住居を引き払って一一年九月一日に日本に戻った。養子の話を真剣に受け止めたのはその前後からだったと思う。自然な流れでもあったからだ。家族の了承も得て一二年三月八日に父が正式に日本国籍取得後、同月二十七日に父の二人の大親友、故永井道雄と故嶋中鵬二(中央公論社、社長)にご縁のある二人の方に保証人になってもらい、東京都北区の区役所で養子縁組の手続きをすませ、晴れて親子になった。

若き日の二枚の写真

二〇一六年二月二十六日

1943年、カリフォルニア大学バークレー校の構内で。軍服姿のキーンさん。

先月半ば、押し入れを整理していたところ、奥にあったダンボール箱の中から貴重な写真が見つかった。父の若い頃の写真だったが、そんな写真はもうどこにもないと思い込んでいただけに、父も私もビックリ！　写真だけでなく、映画監督の松山善三からの、夫人の高峰秀子とニューヨークで父に世話になったことのお礼状、三島由紀夫が映画に出演したときのサイン入りの写真などもあり、宝の山だった。ここではその中でも特に貴重な二枚の写真をご紹介したい。

その一枚は、軍服姿でひとりで写っている唯一

母・レナさんと一緒に写っている唯一の写真。

の写真だ。父は一九四二年二月にカリフォルニア州バークレーにある海軍の日本語学校に入学するが、六月に日本語学校は内陸のコロラド州のボルダーに移転した。計十一か月間の徹底した日本語教育の後、一九四三年一月に卒業したが、日本語学校での軍人としての立場は下士官で、服装は自由でよかった。ところが卒業と同時に少尉になり、この軍服を渡された。日本語以外は教えられることはなく、軍隊については全く無知な、弱冠二十歳の海軍少尉がこの時点で誕生した。

初めて軍服を着たときの印象は、これが本当に自分だろうか、という不思議な気持ちだったそうだ。

卒業式後、赴任地のホノルルに行くまでの間、一週間の休暇が与えられた。同僚たちのほとんどは郷里に帰ったが、父はバークレーが懐かしく、友人二人とともにバークレーに行った。軍服姿の写真は、そのときのもので、日本語学校があったカリフォルニア大学バークレー校の構内で撮影された。四年前に父と一緒に訪れたが、父の話では、当時とあまり変わっていないとのことだった。バークレーで休暇を楽しんだ後、サンフランシスコから船でホノルルに向かったが、波が荒くほとんどの人がひどい船酔いに悩まされたそうだ。ホノルルに着任すると、真珠湾の海軍の事務所で日本語将校としての生活が始まった。

もう一枚は、お母さんのレナと一緒に写っている唯一の写真だ。たぶん戦後、海軍を除隊してニューヨークに戻った頃、一九四六年だろう。父は、ニューヨークに戻るとお母さんと同居せずコロンビア大学の近くに住んだから、お母さんに会いに行ったときのことだろう。お母さんはブルックリンに住んでいたが、父が生まれた家ではなく二回引っ越した後の家だろうとのことだ。

よく見るとさすが親子、目元、鼻筋、口元がとても似ている。お母さんは非常に聡明《そうめい》な人で、本が大好きでいつも貸本屋さんから借りてきて読んでいたそうだ。フランス語の読み書きもできた。お母さんからの手紙はまだ見つかっていないが、手書きの数編の詩が残されている。お母さんの髪形や着ている服装がとてもおしゃれだ。当時の流行だったのだろうか。

父は、着ることに関して普段は驚くほどに無頓着だが、不思議なことに着こなしのセンスはなかなかのものだ。この写真でもそれが若い頃からのものだったことが分かる。

初公開の二枚の写真が、新たな父の姿を私たちに映し出してくれたと思う。

キーン家のお墓

二〇一六年三月二十九日

お墓の台座に入れた「黄犬」の図（上）と、その下はキーン家の紋である象の意匠。象の額に「鬼怒」の文字もみえる。

かなり前から死後の安住の地としてお墓を日本で、と父は考えていたようだ。場所はできれば函館の石川啄木のお墓の近くか、紫式部に縁のあるお寺に建てたいと話している記事を読んだことがある。私が父から真剣にお墓の話を聞き、相談し始めたのは養子縁組した直後からだった。養子になった年の二〇一二年七月には、テレビの取材で津軽海峡に臨む、高台にある啄木のお墓に詣で、そのとき、「こんな風景を見下ろすお墓はいいですねえ」とつくづく言っていた。また一三年七月には具体的にお墓を建てたいという希望を持って琵琶湖に近い寺院を訪問したこともあった。どうも父は、風光明媚《めいび》で海や湖を遥《はる》かに見下ろす墓地をイメージしていたようだ。

思案するうち、いくら便利になったとはいえ北海道や関西では、将来私たちの死後、お参りしてくださる人たちに不便ではなかろうか、私たちにとっても近いところにあった方がよいのでは、と考えるようになった。そこで父は、いつも散歩に行く近くの真言宗のお寺に相談してみようと言った。マンションから歩いて行けるそのお寺は、小さいけれども境内はいつも庭師によってきれいに掃き清められて手入れがよく、四季折々の花が咲いている。ＪＲ駒込駅近くにマンションを持って以来四十年以上の好きな散歩コースで、代々の住職もよく存じ上げていた。

父の行動はこの時もいつも同様速く、すぐにご住職に会い、「私は無宗教ですがお墓を持たせていただけますか。空いている墓地はありますか」と聞いた。ご住職は、「うちの檀家《だんか》になっていただければ、幸い空いているところがありますから、すぐにでもお墓を建てられます」と親切な答えだった。その場で墓地を選ぶことになったが、畳で一畳分の広さを勧めてくださった住職に対して、「小さい方が僕にふさわしいから」と半畳分の墓地を選んだことは父らしいと思った。墓石屋さんとも会って図面を引いてもらい、細かく相談を始めた。一三年の秋も深まった頃だった。

墓石に紋を入れてもよいと言われ、キーン家の紋である象の意匠を刻んでもらうことにした。その紋は、その少し前に私の兄（上原誠一郎）に頼んでデザインしてもらったが、父は日本で初めてキーン家ができたのだから紋も今までにない独創的なものにしようと思い、象を思いついた。なぜ象なのか？　父は私のことを普段本名の誠己《せいき》で呼ばず、「淺造《あさぞう》」という文楽時代の芸名で呼んでいる。淺造の「造」＝「象」という、言葉遊びだった。兄は俵屋宗達の白象を参考にして描いたそうだ。

またお墓を少しでも楽しいものにしたいと思い、やはり兄がデザインした黄色い犬を台座に彫ってもらうことにした。モデルにしたのは、父が子供の頃に飼っていたスピッツの愛犬ビンゴの写真だったが、「黄色い犬」＝「黄犬《きいぬ》」＝「キーン」、というこれも言葉遊びだ。墓石正面の「キーン家の墓」の文字は、もちろん父の直筆である。一四年四月六日に開眼供養をすませたキーン家のお墓の上には、時季になると八重桜が見事に咲き乱れる。

ポートランドの忠臣蔵

二〇一六年五月四日

アメリカ・ポートランドの日本庭園で教え子らと記念撮影。

今年初めての父との旅は、早春の三月四日に発《た》ち、二十五日に帰国した三週間のアメリカ旅行だった。行き先は、オレゴン州のポートランドとニューヨーク。

ポートランドは、父の教え子でポートランド州立大学のラリー・コミンズ教授の招待によるものだった。ラリーは、能、文楽、歌舞伎など伝統演劇を研究や翻訳するだけでなく、長年にわたって日本舞踊、狂言、能などの稽古を積んできた。浄瑠璃では私の愛弟子《まなでし》である。そのラリーが、学生たちに英語で歌舞伎の忠臣蔵を演じさせようというのである。そして私には古浄瑠璃「弘知法印御伝記」三段目を弾き語りしてほしいと。私たちが飛んで行かないはずはない。

忠臣蔵を観劇したのは、八回上演したうちの千秋楽だった。外国人が観てもよく分かるように脚色してあり、本来の忠臣蔵とは異なっていたが、アメリカ人の役者さんたちは、日本的な所作《しょさ》など見事にこなし、セリフも歌舞伎らしい口調をうまく真似た英語で分かりやすかった。観客の反応は本物の歌舞伎以上で、客席から掛け声もあり、判官切腹の場面では落胆のため息、また討入りの殺陣《たて》の見事さに感嘆し、花道を使った義士の引き揚げには満場の拍手。出演者総出のカーテンコールは大喝采で、その時は父と私も出演者と共に舞台にいた。

感心したのは、ラリー自らが地方《じかた》となって英語で浄瑠璃を語ったこと、そして奥さんの寿美《としみ》さんの協力もあり衣装や鬘《かつら》、大道具、小道具までほぼ自作であったことだ。できる限り手作りでという素人芝居の基本を、着実に実行し大成功したことを、父も私も大いに褒め讃えた。

翌日私の古浄瑠璃の演奏会があったが、父とラリーの共訳の字幕もあり四百人ほどの観客に感銘を与えることができたようだ。初めて私の古浄瑠璃を海外で弾き語りした記念の日でもあった。

ポートランドで、もうひとつ父にとって嬉しいことがあった。全米各地、ニューヨーク、セントルイス、ソルトレイクシティ、サンフランシスコ、コロラドなどから数人の教え子が会いに来てくれたことだ。日本文学や日本文化をそれぞれの大学で教えている優秀な教え子ばかりで、父にとって我が子のような存在だ。

皆、父を心から尊敬しているし、また父の接し方を見ていると家族か親しい友人同士という印象があり、父の人間性も窺《うかが》い知ることができた。父は教師として学者として、アメリカだけでなく世界中にいる数多くの教え子たちを育てた。それは、海外に日本文学を紹介し広めたこと以上に大きな業績かもしれない。彼らの専門が実に多岐にわたっていることにも驚かされる。こういった教え子たちによって、明らかに父の業績が既に脈々と受け継がれている。

ポートランドは、人口五十万人ほどで全米一住み良い町と言われているが、美しい日本庭園があり散歩を楽しんだ。また独立系書店として世界一大きいパウエルズがあり、本の大好きな父は三度も通い沢山《たくさん》の本を買い込んだ。私たちの一週間の滞在は、すこぶる楽しく有意義だった。

独立系書店として世界最大のパウエルズで本を選ぶ。

父の故郷ニューヨーク

二〇一六年五月二十日

親友のジェーン・ガンサーさんと。

オレゴン州のポートランドで一週間滞在した後、私たちはニューヨークへ向かった。三月十日早朝にホテルを出て空港へ、ワシントンDCで乗り換え、ニューヨークに着いたときには米国内の時差のせいもあってかなり疲れていた。

父の六十年以上の親友、九十九歳でひとり暮らしのジェーン・ガンサーの家に着いたのは夜八時頃だった。ジェーンは一年前に会ったときと変わらず元気で私たちを迎えてくれた。父だけでなく私までも、家族同様にいつも温かい抱擁とキッスで迎えてくれるジェーンは、本当に素晴らしい。

夕食は、ジェーン自らのチキンの料理と白ワインで、疲れ切った私たちの身体を優しく慰めてくれるようだった。四泊お世話になったが、ジェーンに一日三回の食事を作ってもらうことさえあった。

ジェーンは、高名なジャーナリストだった夫のジョン・ガンサーと一九五〇年に、占領下にあった日本で昭和天皇と皇后に五十分間の謁見《えっけん》をしている。そのことについてジョンが自著で触れているが、マッカーサー元帥のおかげだった。ジョンは、ジャーナリストとして、各国の国王や首長と会うことのできるほどの存在だった。一九五五年に京都大学留学から帰った父は、戦後の歌舞伎復興に尽力したフォービアン・バワーズの紹介によってニューヨークでガンサー夫妻に出会っている。

九十九歳のジェーンは、毎日必ず新聞に目を通し、雑誌や新刊書もよく読み、時勢に明るく、会話はウィットに富んでいて老人とはとても思えない。父の本も出版されるとすぐに読んで感想を聞かせてくれる。何より感心するのは、いつどんな来客があっても良いように身だしなみがきちんとしていることだ。毎日イヤリングから靴に至るまで同じことはない。ファッション感覚に秀でている。父も私もジェーンがものすごく好きだ。

父にとってニューヨークでの楽しみは、旧友や教え子に会うこと以外には、なんといってもオペラだ。メトロポリタン歌劇場（メット）こそが、心の故郷かもしれない。十七歳から観始めてメットで何回オペラを観たか、残されたプログラムを基に非常に大雑把だが最近算定してみた。四百回という数字が出たが、そんなものではないように思う。五百回を軽く超えている可能性もある。

今回は十二日間のニューヨーク滞在で三つのオペラを観劇した。特に良かったのが、「蝶々夫人」だった。ソプラノのクリスチーネ・オポライスは、数日前に「マノン・レスコー」で奔放で自堕落な美少女マノンを好演するのを観たが、それとは全く違った役柄の蝶々夫人でも、傑出した歌唱力と演技で私たちを魅了した。その容姿とあいまって現代を代表するソプラノと言えるだろう。日本人にとって多少奇妙に感じる衣装や所作もあったが、それがプッチーニが作曲した当時の日本人観と考えると気にはならず、演出や舞台美術、衣装などの美しさにも感激させられた。父によると、これまでに観た中で一番の「蝶々夫人」とのことだった。

実はまだまだ書き足らないが、かくて九十三歳の父との、思い出深い三週間のアメリカ旅行を無事に終えることができた。

父の誕生日

二〇一六年六月二十八日

誕生祝いの特製ケーキを前に。

六月十八日、父は九十四歳になった。当然のことながら以前に比べ、足元や体力は少し弱ったが、九十四歳としては極めて健康でエネルギッシュ、頭脳も明晰。二月には大著『石川啄木』を上梓《じょうし》し、同い年の瀬戸内寂聴先生と共に文壇の第一線を走り続けているのは驚くべきことだ。私は常《じょう》住《じゅう》坐《ざ》臥《が》、生活を共にしているが、父の身体と頭脳はいったいどうなっているのだろうと思うことがしばしばだ。

　毎年誕生日を東京で迎える。最近の例外は二〇一三年の誕生日で、カリブ海の西、メキシコのコズメルに近い海上で迎えたことがあった。それは世界一周クルーズの客船「飛鳥Ⅱ」の船上で講演するため乗船していた時だった。船内のレストランのディナーで、やはり講演でちょうど同船していた映画監督のすずきじゅんいち、女優の榊原るみ夫妻が隣のテーブルからそっとグラスを上げて祝福してくださったことが印象に残っている。そんなことでもなければ曜日に関わらず、六月十八日は東京のどこかで毎年親しい友人たちが集まって、父の誕生日がずっと祝われてきた。

そのあたりの事情に詳しいのは一九六三年から父をよく知っている前田良和さんだ。前田さんは中央公論社で嶋中鵬二社長の秘書を長らくしておられた。嶋中社長は、「私は忙しいから、なにかあれば前田に言えば、全て私に伝わるから」と父に言ってくださったそうだ。それ以来いまだに公私にわたってお世話になっている。私はもちろん新参者で、初めて参加したのは八十八歳の米寿のパーティーだが、それはかなり大人数の誕生会で、有名人が多くて驚いた。普段はというと十人程度でメンバーもほぼ変わらない。前田さんによると、「いつの頃からか分からないけれどどうなりました」とのことだった。

ここ数年は、父のマンションから歩いて行ける距離で、よく食べに行っているお気に入りのフランス料理店「ル・リュタン」と決まっている。駒込駅に近く、本郷通りに面している。メンバーは、父と私、私の姉と兄、父にとって生涯の友人だった故永井道雄先生の奥さま。他は前田さんを筆頭に、新聞社や出版社の古くからの親しい記者と編集者四人でちょうど十人だ。それぞれが近況などを話したりするが、打ち解けた仲間同士だけの貴重な話も飛び出して、いつも和気藹々《わきあいあい》、父も楽しそうだ。父は父で、何か聞かれるといつもの取材などでは絶対に言わない本音がポロリと出たりする。

永井さんはこの日、父がどこか海外旅行をしたときのお土産のスカーフをして来てくださった。永井さんによると、一九五九年に永井先生に嫁がれたときには、父はもうずっと前から永井家の人という顔をしていたそうだ。それだけ永井先生と親しかったということだろう。いろんな興味深い裏話的なエピソードを聞くこともできる。

最後は、特製バースデイケーキのろうそくを吹き消して、会は最高潮に達しお開きになる。

京都の我が家

二〇一六年八月八日

留学以来10年間住んだ京都の家「無賓主庵（むひんじゅあん）」。

京都はドナルド・キーンにとって特別な意味を持っている。ここ数年、年二回くらいは講演や取材で京都に行く機会がある。今も京都へ行くとなると、思いは格別である。そして思い出も一杯だ。なんと二〇一二年には京都市から、京都名誉観光大使に任命されている。

父の日本は、京都に始まったと言っても過言ではない。初来日は、正確に言うと太平洋戦争で一九四五年四月に沖縄に上陸したとき、または同年の終戦直後十二月に上海から厚木飛行場に降り立って短期間滞在したとき、ということになろう。

が、実際には五三年八月末にフォード財団の奨学金で、一年間の予定で京都大学大学院に留学するために来日したときだった。

羽田空港に到着してバスで東京駅。そして最終列車の二等、それも戦前のみすぼらしい車両に乗って夜を明かし京都駅に着いた。京都駅で待っていたのは横山正克《まさかつ》さんだった。横山さんは、終戦直後に中国の青島《チンタオ》で親しくなった高島屋飯田の社員で、父は青島には戦後処理で三か月ほど派遣された。東京で一泊もせず素通りして京都に来たことに、横山さんは大変驚いたが、父は一刻も早く京都を見たかった。恋焦がれていた京都にやっとたどり着いたのだから、さぞ興奮していただろう。

留学先として、東京ではなく京都をなぜ選んだのか。それは『源氏物語』や『徒然草』など古典の名作を生み、戦災にもあわなかった古都だったから。そして海軍日本語学校からの親しい戦友でもあった小樽生まれのオーティス・ケーリが、同志社大学にいたからでもあった。

結果として京都を選んだことは大正解だった。到着当日には龍安寺に連れて行ってもらうなど、旅の疲れも見せず京都を楽しみ始めた。父は一言でいうと、京都に一目惚れした。ケンブリッジの友人、ディケンズ夫人に書いた到着直後の手紙には、

〝素晴らしい印象をどこから書いたらいいでしょう〟、〝素晴らしきかな京都！〟と。祇園町を歩いたときの感動的印象についても書き送っている。それは現在の京都とは随分違っていただろう。

一か月ほどは、京都市北部、衣笠山の麓の横山さん宅にお世話になったが、ある日オーティス・ケーリがオートバイでやって来て父を後ろに乗せ、彼が下宿先として選んだ家に連れて行った。舗装していない道路をもうもうと砂煙を立て、急な坂道を振り落とされるようにしてたどり着いた家は、東山の今熊野《いまくまの》にあった。それから十年間くらい、コロンビア大学で教えるようになってからも、日本の家として父の大切な〝我が家〟になった。その家は、飛驒の高山から移築された純日本家屋で、茶室や囲炉裏の切ってある部屋もあり、縁側に立つと家は一軒も見えず、木々や丘陵が見渡せた。今は、同志社大学に移されてゲストハウスとして利用されている。

そのままの姿で見ることができ、私も父と一緒に三回は行っている。行くたびに思い出話に花が咲く。そこに行くと若き日の父の姿が見えてくるようだ。

あとがき

　本書『黄犬《キーン》ダイアリー』の私のエッセイは、生まれ故郷の地方紙、新潟日報に「素顔の父ドナルド・キーン　ともに暮らして」として連載され、今も進行中である。父ドナルド・キーンの担当記者だった高内小百合さんに、私から掲載をお願いしたことがそもそもの始まりだった。昨年（二〇一五）四月から五月にかけてニューヨーク、イタリア、スイスを父と旅行したときに、出発前、「帰国後、紀行文を書かせていただけないでしょうか」と、恐れ多くも申し出た。執筆経験のない未知数の私の提案など受け入れてもらえると思っていなかったのに、快諾していただき驚いたが、嬉しくもあり、また責任を感じた。

　その旅行記は毎週一回の連載で、六回で終わった。意外なことに、そして有難いことに好評だったことが分かって大変嬉しかった。父のファンは多く、息子として、常に身近にいる私にしか書けない内容だったからだろう。写真は想像以上に好評だった。それで止めておけばよかったのに、図々しくも、「普段の父の様子も書いてみたいのですが」と、またしてもお願いしてしまった。そして「願ってもないこと。誠己さんにしか書けないキーン先生の日常などをぜひ」とお受けいただいた。今度は一か月に一回。書くことに慣れていない私にとって、このペースは負担でもあるが、父の人間性は、豊かで深く、それに楽しいからネタに尽きることはない。楽しんで続けている。もっと字数が欲しいと思うことがほとんどだ。

あるとき、誰かに感想と批評を仰ぎたくなり、親しい編集者や記者に送ったところ、「もっと読んでみたい、本にしたら面白い」と言ってくださった方が四人いた。そのひとりが平凡社の竹内清乃さんだった。竹内さんから出版のお話をいただいたとき、夢のようだった。自分の書いたものが活字になり、大手出版社から出版される。しかしそれは現実だった。それもなんと父ドナルド・キーンと親子共著で。なんという幸運。なんという幸せ。

私が父を知ってからまだ十年にしかならない。養子になってからは、たったの四年だ。父は東日本大震災を機に、それまでのニューヨークと東京の二重生活を止め、ニューヨークの住居を完全に引き払って二〇一一年九月に東京住まいになった。それ以来ずっと生活を共にしている。父から吸収すべきことは多過ぎて、私の能力ではとても追いつかない。しかし、寝食を共にし、どこへ行くにも一緒であることは、それ自体が大変な僥倖《ぎょうこう》だ。望んでもできないことが、ありえないことが、天から降り注いできたようなものだ。

息子の私が言うのもおこがましいが、父は学者として、作家として、文化人として超一流で常に注目を浴びている。そして比類なき人格者でもある。たぶん未来は歴史上の人物になるだろう。すでに〝日本文学の神様〟などと言われることもある。

父の大切な特徴のひとつに、ユーモアがある。当意即妙で品性があり、人を傷つけることのないユーモアは天性のものだ。爆笑を誘うことさえある。羨ましいが真似はできない。この魅力的で愛すべき人柄に、初めて会う人たちは悩殺されるようだ。

そんな父の姿を、養子とはいえ息子の私が、〝素顔の父〟を書き残していくことはあながち無駄ではないように思う。

今一番感謝したいのは、父ドナルド・キーン、そして泉下に眠る父母である。

二〇一六年八月

キーン誠己

初出　東京新聞（中日新聞東京本社）連載「ドナルド・キーンの東京下町日記」二〇一二年六月～二〇一六年六月、新潟日報連載「素顔の父ドナルド・キーン　ともに暮らして」二〇一五年六月～二〇一六年八月

ドナルド・キーン

一九二二年、アメリカ・ニューヨーク生まれ。コロンビア大学名誉教授。日本学士院客員。文化勲章受章。日本文学・日本文化の研究に生涯を捧げ、国内外で高い評価を受けている。文芸評論家として著書多数。現在、『ドナルド・キーン著作集』（新潮社）を刊行中。二〇一二年に日本国籍を取得。

キーン誠己

一九五〇年、新潟県新潟市生まれ。浄瑠璃三味線奏者。二〇〇九年六月に新潟県・柏崎で古浄瑠璃「越後国柏崎　弘知法印御伝記」を三〇〇年ぶりに復活上演した。二〇一二年にドナルド・キーンの養子となる。現在、新潟日報で「素顔の父ドナルド・キーン　ともに暮らして」を連載中。

黄犬《キーン》ダイアリー

二〇一六年十月五日　初版第一刷発行

著者　ドナルド・キーン
　　　キーン誠己
発行者　西田裕一
発行所　株式会社平凡社
〒一〇一-〇〇五一　東京都千代田区神田神保町三-二九
電話〇三-三二三〇-六五八五（編集）
　　〇三-三二三〇-六五七三（営業）
振替〇〇一八〇-〇-二九六三九
ホームページ http://www.heibonsha.co.jp/

写真　キーン誠己
装幀　熊谷智子
印刷・製本　大日本印刷株式会社

ISBN 978-4-582-83741-4 C0095
NDC分類番号914.6
四六判（19.4cm）　総ページ216